書下ろし

長編時代小説

影侍

牧　秀彦

JN266435

祥伝社文庫

目次

序章

文政《ぶんせい》八年（一八二五）九月。

中秋の西国の地では、久しく雨が続いていた。ここ長崎も、例外ではない。

坂の町の郊外に一軒の瀟洒《しょうしゃ》な屋敷がある。諏訪《すわ》神社に程近い屋敷は鳴滝《なるたき》塾と呼ばれていた。手入れの行き届いた庭園に続く丘には、一面に柏《かしわ》や椿《つばき》の木が自生している。

なだらかな丘を二人の男が登ってきた。

揃《そろ》いの袖付合羽《そでつきがっぱ》の裾《すそ》から、一対の黒鞘《くろさや》が覗《のぞ》けて見える。程なく男たちは屋敷の前に来た。押し黙ったまま水滴したたる編笠を外す。

目の部分だけ開けた筒様の竹田頭巾《たけだずきん》を着け、面体《めんてい》を覆《おお》い隠していた。片方の男は身の丈こそ五尺（約一五〇センチメートル）そこそこであるが、頭巾の上からでも鋭角の顎《あご》が目立つ。

小柄なのに佩刀《はいとう》は長大だった。刀身は優に二尺六寸（約七八センチメートル）に達しているだろう。

相棒は六尺（約一八〇センチメートル）を軽く超える筋骨逞《たくま》しい巨漢だった。こちらが帯びているのは二尺三寸五分（約七〇・五センチメートル）の定寸刀《じょうすんとう》である。

屋敷の明かりは消えていた。無言で頷《うなず》き合うや二人組は鳴滝塾の門を潜っていく。

と、前方に一人の男が待ち構えていた。

「シーボルト殿なら、今夜はいねえぜ」

玄関の式台から低い声が聞こえてきた。

声の主は、帯前《おびまえ》に十手《じって》を差している。この男、町方の同心なのだ。身の丈は、およそ五尺九寸（約一七七センチメートル）。六尺豊かとまではいかないが、この時代の成人男性としては際立った長身の部類に属する。

「で？　お前さんたちは何用で来たんだい」

燭台の光を受け、同心がかざす十手の真鍮《しんちゆう》の柄頭《つかがしら》が煌《きら》めいた。

「面体を隠しているその頭巾はいけねぇな」

伝法な口調でつぶやくと、足袋《たび》はだしのまま式台から降り立った。

「俺の朋輩《ほうばい》を五人も斬《き》りやがった、その面《つら》を今夜こそひん剝《む》いてやるぜ。覚悟しな」

二人組は無言で刀に手をかける。二条の刃が抜き放たれた。

十手を帯前に戻し、同心はその手をわずかに移動させる。

握ったのは佩刀の柄《つか》だった。

玄関の天井は高い。思うさまに刀を振るっても、誤って切っ先を頭上に突っかける恐れはないのだ。それは二人の襲撃者にとっても好都合なことだった。

小柄な男がついと前に出る。

刹那《せつな》、長剣が唸《うな》りを上げて殺到する。狙《ねら》ってきたのは、脚《あし》だった。

「む!」

小さく気合いを発しつつ同心は抜刀した。

刀と刀がぶつかり合い、軽やかな金属音が上がった。刺客の狙い澄ました脚斬りを、抜き打ちの一刀で阻《はば》んだのである。

居合術は一挙動で刀を抜いて敵を斬るばかりではない。このように抜刀して防御する手も存在するのだ。

同心は間を置くことなく流れるように刀を振りかぶった。左から右への鋭い袈裟《けさ》斬りだった。

応じたのは、六尺豊かな巨漢だった。重たい金属音を上げて、刀と刀がぶつかり合う。

「むむ……」

巨漢が圧してくるのを、同心は全力で押し返す。

双方の刀身が、ぎりっと軋《きし》んだ。

ぐずぐずしてはいられない。

敵は二人組である。片割れにばかり構っていれば、不意を突かれる。

「ヤッ」

気合いと共に刀を打っ外《ぱず》すや、同心は左脚を大きく振り上げた。巨漢の脾腹《ひばら》を目がけて、前蹴りを見舞ったのである。それは道場剣術の常道にはない体捌《たいさば》きだった。

「おのれっ」

相棒がよろめいたのを見るや、小柄な男が突進する。脚狙いの斬撃が再び、唸りを上げて迫り来る。

と、同心は思いもよらぬ動きで応じた。左脚で地を蹴り、その場跳びで軽々と飛翔したのだ。

必殺の刀勢を込めた長剣が、空《むな》しく宙を斬る。

たたらを踏みながらも、小柄な男は辛《かろ》うじて踏みとどまる。

着地した同心は油断なく、右八双に構え直している。右足を前にした体勢は、隙《すき》あらば遅滞なく攻めに転じるためのものだった。

「うぬ……タイ捨流《しゃりゅう》かっ」

蹴りを食らった巨漢が、悔《くや》しげに呻《うめ》く。

「左様」

落ち着いた声で返答しつつ同心はじりっと一歩、前に出た。

「今一度参るぞ。覚えておれ！」

言い置くや、小柄な男は踵《きびす》を返す。

襲撃者たちの撤退は速やかだった。

「取り逃がしたか……」

殺気が遠ざかっていくのを確かめ、同心は納刀する。

素に戻った顔立ちはごく地味で、目立たない風貌である。しかし、くりっとした目には何ともいえない愛敬《あいきょう》があった。

そのとき、式台に大きな影が浮かび上がった。奥に隠れていた者が姿を現したのだ。

「大事ござらぬか」

向き直りながら、同心は笑みを投げかける。

「ありがとう」

襲撃者の巨漢に劣らず、背が高いのも当然だろう。玄関に現れたのは異国人だった。

フィリップ・フランツ・フォン・シーボルト（ジーボルト）。満年齢で今年二十九歳になる、オランダ商館長付の医師である。

「おかげで助かりました」

シーボルトは、そっと笑みを返す。実に流暢《りゅうちょう》な日本語だった。

「されば重畳《ちょうじょう》」

頷き返すと、同心は式台に昇った。汚れた足袋を脱ぐことも忘れない。

「それにしても、肝《きも》を冷やしましたぞ」

「きもを、ひやす……？」

不思議そうにシーボルトは問い返す。難しい言い回しまでは、まだ解さないらしい。

「拙者《せっしゃ》が死んだら、どうしようかと思ったってことですよ」

説明しながら、同心は言い添える。

「いっそ貴殿が留守にしていて下されば、あやつらとも心置きのう戦えたのですがね」

「ごめんなさい」

詫《わ》びながらも、シーボルトは付け加えるのを忘れない。

「でも私だって、いざとなれば戦えます」

見れば、シーボルトは両手に抜き身の剣を握っていた。

エペと呼ばれる長剣と、短剣のダガーである。左手の短剣で敵の攻撃を防御しつつ長剣で突きを見舞っていくのが、西洋剣術の基本技法なのだ。

「それは慎《つつし》んでくだされ。生兵法《なまびょうほう》は怪我《けが》の元と申しますでな」

対する同心は素《そ》っ気《け》ない。

「ご貴殿は大切な御身。軽はずみな真似《まね》をされては、我らが困ります。さ、早うお部屋へ戻られて、学問の続きをなされませい」


翌朝。

長崎奉行所の組屋敷の一角で、同心は高いびきを立てていた。

掃除が行き届いていないと見えて、寝間はいかにも埃《ほこり》っぽい。このような部屋で寝起きしていて、よくも平気なものだ。

廊下を駈《か》ける足音が聞こえてくる。走り込んできたのは、奉行所の小者だった。

「田野辺《たのべ》様！」

「う、うーむ」

億劫《おっくう》そうにつぶやきつつ、同心は目を開いた。

「朝っぱらから、何の用なんだい……。こちとら非番なんだ。朝寝ぐらい、好きにさせろい」

「そうは参りません」

息せき切って、小者は言葉を続けた。

「お、お奉行様がお呼びなんですよ！」

「何？」

「シーボルト様のことで、内々の御用がおありだそうで。さ、早くしてくれなりゃ、私がお叱《しか》りを喰《く》っちまうんですよ」

「ったく、しょうがないなあ」

苦笑しつつ、同心は布団《ふとん》から這《は》い出てくる。

「すぐに支度するから、玄関で待ってな」

言い付けるや、すぐさま衣桁《いこう》に手を伸ばす。

紺無地の袷《あわせ》に袖を通し、博多帯《はかたおび》をきゅっと締め込む。羽織と袴《はかま》を着け、大小の二刀を帯びる。帯前に十手を差し添えたところで、支度は終わった。

田野辺聞多《もんた》、三十三歳。長崎奉行所に父祖代々仕える、辣腕《らつわん》の町同心であった。

四半刻（約三十分）後。

田野辺聞多は、奉行所の奥の間に端座していた。

上座には恰幅《かっぷく》の良い、初老の武士が居《い》る。長崎奉行・高橋越前守重賢《たかはしえちぜんのかみしげかた》だ。

幕府の公職である長崎奉行は二名が常勤とされていた。一名が現地に赴任し、もう一名は江戸にとどまる。高橋は二年前に着任して以来、天領である長崎の町の治安と対外貿易を遺漏《いろう》無く司ってきた能吏《のうり》であった。

「昨夜は大儀であったな、田野辺」

「ははっ」

奉行の労《ねぎら》いに、聞多は平伏する。見るからに殊勝な態度だった。

その頭上から、高橋の厳《おごそ》かな声が降ってきた。

「シーボルト殿がお命を狙うは巨漢と小男の二人組。相違ないな」

「面体《めんてい》までは確かめられませなんだが、確かに」

「して、腕の程は？」

「強うございまする」

言上《ごんじょう》する聞多の口調は重々しい。

実際に刃を交え命のやり取りをした上での所見を、淡々と申し述べていた。

「そなたほどの手練《てだれ》をもってしても制し得ぬとなれば、さもあろう」

得心した様子で、高橋は頷《うなず》く。

「かくなる上は、助太刀を頼まざるを得まいな」

「助太刀……」

聞多の眉が、ぴくりと動いた。

非礼には違いないが、長崎奉行所随一の遣《つか》い手であり、シーボルトの護衛としての矜持《きょうじ》があればこその反応と言えよう。

「ま、気を悪うするでない」

取りなすように告げつつ、高橋は続けて言った。

「これは、シーボルト殿よりの頼み事なのじゃ」

「ならば一層、承服致しかねますな」

聞多は、ずいと膝行《しっこう》してくる。

重ね重ねの非礼も、続く言葉を聞けば頷けることだった。

「お奉行もご存じの通り、すでに五名もの朋輩が討たれております。残されし家族の者たちのためにも、あやつらは拙者《せっしゃ》の手にて仕留めたき所存。それが奉行所外の者に助太刀を頼んだとあっては、我らが受けし恥辱《ちじょく》は雪《そそ》げますまいぞっ」

「分かっておる」

高橋の反応は、どこまでも落ち着いたものだった。

「その者の姓名を聞けば、そなたとて得心してくれるだろう」

「では、謹《つつし》んで承《うけたまわ》りましょう」

語気も荒《あら》く返答するや、聞多は再び端座した。

その耳に、高橋の静かな声が届く。

「江戸表に住まい居《お》る剣客でな、名を鏡十三郎《かがみじゆうざぶろう》と申す」

「鏡……」

「そなたが、良う存じておる者じゃ」

「はて」

首をひねる聞多に、高橋はそっと言い添える。

「この長崎育ちで幼名は太郎《たろう》と申さば、覚えておるのではないかの？」

「太郎……」

聞多は押し黙った。

閉め切った障子の向こうからは、雨音が聞こえてくる。

庭石を打つ雨だれに耳を傾けながら、聞多は黙然と記憶を探っている。

その手助けをするように、高橋は言った。

「町人の子として育てられておったそうじゃが、父御《ててご》はお江戸の旗本よ。母は丸山《まるやま》遊廓の名妓《めいぎ》であったが異人の血を引いていたために、落籍《ひか》されて長崎に妾宅を与えられし後にも何かと、肩身の狭い思いをしていたそうな」

「……思い出しました」

しばしの間を置いて、聞多は口を開いた。

「拙者とは幼き頃、同じ道場で共に剣を学びし仲にございます」

「左様。後にそなたは父……かつて長崎奉行所で捕物名人と謳《うた》われし田野辺蔵人《くらんど》よりタイ捨流の剣を受け継いだが、太郎は元服して十三郎と名を改め、江戸の鏡隼之助《はやのすけ》なる剣客の養子となった。流儀は小野《おの》派一刀《いっとう》流とか」

「お詳しゅうございますな、お奉行……」

「江戸の土方《ひじかた》殿より、伝え聞いたのじゃ。屋敷には養父の代から、剣術師範として出入りしておるらしい」

高橋の言う『土方』とは、江戸在勤の長崎奉行・土方出雲守勝政《いずものかみかつまさ》のことである。

「むろん、それも十三郎の技倆が余人より抜きん出ておればこその話だろうがの」

「さもありましょう」

聞多は、ようやっと得心した顔で頷いた。

「拙者と唯一、道場で互角に立ち合えたのは、あの太郎のみにございました」

「そう聞いておればこそ、儂《わし》も助太刀の件を呑《の》んだのじゃ」

高橋は、淡々と言葉を続けた。

「何故《なにゆえ》にシーボルト殿が鏡十三郎の名を存じておられたのか、そして、そなた共々警護役を頼みたいと申して来られたのかまでは分からぬ。あのように温和なお人柄ながら、言いたくないことは頑として漏らさぬご気性だからの……」

「すべては太郎、いや、十三郎と対面させてからのことでありましょう」

「そういうことじゃ」

「されば、お奉行」

「そなたは直々に江戸へ参り、鏡十三郎を連れて参れ」

「心得ました！」

勢い込んで、聞多は答える。

役儀の上とはいえ、かつての旧友と再会できるとなれば当然の反応だろう。

「されどな、田野辺。そなたが竹馬の友であることを、進んで明かすには及ばぬ。もしも相手が気付いたとしても、儂《わし》の面前に連れ参るまでは白《しら》を切り通せ」

「えっ……」

面食らった様子で、聞多は問うた。

「な、何故にございますか？」

「十三郎は、この長崎の地を嫌っておる。いや、憎んでいると申すべきであろうな」

「……」

「土方殿の話では、異人の血を引く己が身を恥じながら生きておるという。容子《ようす》の優れし美丈夫《びじょうふ》に育ちながら妻《めと》も娶らず、義父の鏡殿が道場を再建することのみのために、年月《としつき》を重ねておるとのことじゃ」

「ふむ」

聞多は、困った顔になった。

「されば、連れ参るは至難の業《わざ》にございまするな」

「何の」

高橋は、柔和な表情を浮かべてみせる。

「二枚舌がお得意のそなたならば、易《やす》きことであろうよ」

「な、何と申されます」

急に水を向けられた聞多は、たちまち目を白黒させた。

「とぼけるには及ばぬ」

微笑みを絶やすことなく、高橋は言った。

「奉行所では昼行灯《ひるあんどん》を決め込みながら丸山で浮き名を流し、独り身を良きことに酒色遊興に日々うつつを抜かしておること、儂が知らぬとでも思うたか？　まぁ、遊びに費やす金をいかに工面しておるのかまでは、敢《あ》えて問い質《ただ》しはせぬがな」

「お、恐れ入りましてございます」

「まぁ、良い」

平伏する聞多の前に、高橋は袱紗《ふくさ》包みをそっと置いた。

「決まりの路銀の他に、寸志を遣わそう。鏡十三郎が心をほぐし、密命を果たし得るように上手く導くためならば、せいぜい散財せえ」

「頂戴致しまする」

表情を引き締め、聞多は包みを押し頂く。

文政八年九月十六日（陽暦十月二十七日）。

長崎の町は今日もまた小雨に濡れそぼっていた。

第一章　浪人ひとり

一

大川に面した鳥越《とりごえ》・浅草橋《あさくさばし》の一角を蔵前《くらまえ》という。

蔵前なる呼称は元和《げんな》六年（一六二〇）十二月、幕府の年貢米《ねんぐ》を納める御米蔵が置かれたことによる。

海路で大川伝いに、そして陸路では各街道を経て、全国各地の天領から江戸へ運ばれてきた年貢米は、旗本・御家人の禄米《ろくまい》となる。

知行地を拝領している一部の大身《たいしん》旗本を除く大半の直参《じきさん》は、諸藩の陪臣《ばいしん》（大名家の家臣）と同じ禄米取りの身なのだ。

むろん、現物給与の米をそのまま受け取るわけではない。

江戸では、札差《ふださし》と呼ばれる業者が禄米を米相場の値段に合わせて買い付け、顧客の直参たちに代金を支払っていた。

換金の手間が省《はぶ》けるとなれば有難いはずだが、昨今の旗本・御家人にとって札差たちは、とみに疎《うと》ましい存在となりつつある。翌年以降に受け取る禄米を担保にして前借りを談じ込んでも、容易に応じてもらえなくなってきたからだ。

頼みの柳営《りゆうえい》（幕府）はといえば札差の利権を手厚く保護するばかりで、将軍直属の家臣たる直参を一向に顧《かえり》みてはくれない。のみならず、これまで直参たちが強談の常套《じようとう》手段としてきた、浪人や蔵宿《くらやど》師と呼ばれる腕っこきの男たちを雇って送り込むことまでも、つい先頃の通達で禁じられたばかりだった。

となれば、自ら乗り込む以外にない。

その日、蔵前の札差・加納屋《かのうや》友蔵《ともぞう》の店に談じ込んだのも、無法な前借りを狙《ねら》った悪《わる》旗本の一人であった。

「うぬでは話にならぬわ。主人を呼べい、主人を！」

怒鳴りつけると同時に、太い腕が唸《うな》った。

「ああっ……」

悲鳴を上げて、細っこい手代が路上に突き飛ばされた。

昼日中から往来で暴力沙汰《ざた》に及んだのは、四十代半ばと思《おぼ》しき旗本だった。がっしりした体躯の持ち主ながら顔形だけはのっぺりとした、見るからに遊冶郎《ゆうやろう》めいた造作である。羽二重の長着に、ぞろりとした縮緬《ちりめん》の長羽織を重ねている。腰高に締めている小洒落《こじゃれ》た帯は、軽輩の町人には禁じられている更紗《さらさ》製だった。

無役の身で、斯様《かよう》に張り込んだ衣裳など整えることができるはずはない。借金に借金を重ねる日常を送っていながら、外見だけは華美に装っているのだ。

加納屋の前には、早くも抱えの人足が集まってきていた。

手代を助け起こした人足たちは、肩を怒らせながら旗本に文句を付ける。

「この二本棒め！」

「旦那様にまで無茶をしやがったら、俺たちが黙っちゃいねぇぞ」

しかし、旗本は一向に動じてはいない。こうなることを予期して、腕自慢の家士《かし》の一団を引き連れてきていたのだ。

「退《の》けい、下郎ども」

居丈高《いたけだか》に告げるや、旗本は鯉口《こいぐち》を切った。

主君に倣《なら》って、家士団も一斉に佩刀の柄に手を掛ける。どの者も皆、嗜虐《しぎゃく》の笑みを浮かべていた。

「わっ⁉」

人足たちの間に、たちまち動揺が広がる。

雇われ者の浪人や蔵宿師ならば幾度となく叩き出してくれた、頼もしい面々だ。しかし天下の旗本が直々に乗り込んできたとあっては、生半可《なまはんか》な覚悟で手向かいできるものではない。まして刀に物を言わせようという相手と、丸腰では渡り合えるはずがなかった。

荒《あら》くれ者揃《ぞろ》いの人足たちにも、可愛い女房子どもがいる。いかに義理のあるお店《たな》のためとはいえ、命を捨ててまで手向かいするわけにはいかないのだ。

たちまち、人垣は左右に割れる。

「最初からそうしておれば良いものを……」

薄く笑いながら、旗本は鯉口を締めた。

家士団を引き連れ、悠然と店先へ歩み寄っていく。

暖簾《のれん》を割って中へ乗り込もうとしたとき、背後から凛《りん》とした声が聞こえてきた。

「待て。加納屋への手出しは、用心棒の某《それがし》が許さぬ」

見れば、ひとりの浪人が立っている。

浪人の常として月代《さかやき》は伸びているがよく手入れが行き届いていた。細面に切れ長の双眸、そして高い鼻がよく目立つ、色白の男だ。身の丈は、およそ五尺九寸。年の頃は、三十を過ぎたばかりと見受けられた。大島紬《おおしまつむぎ》の綿入れを着流しにしている。古びてはいるが、継ぎひとつ当たってはいない。よく手入れの行き届いた紺地の長着が、陽光に明るく照り映《は》えていた。

「何用じゃ」

侮蔑《ぶべつ》の眼差《まなざ》しを向けてきた旗本を、浪人は無言で見返す。切れ長の双眸が光り輝き、毛の濃い頬に不敵な笑みを浮かべている。

血の気の多い一団を挑発するには、それだけで十分だった。

「おのれ！」

佩刀《はいとう》を鞘走らせかけた家士の一人が、おもむろにのけぞる。浪人が繰り出した柄頭《つかがしら》で、みぞおちをしたたかに突かれたのだ。

悶絶させた次の瞬間にはもう、浪人は新たな敵に向き直ろうとしていた。

「雇われ者の素浪人の分際で、我らに刃向かいおるかっ！」

怒号を上げながら抜刀し、背後から襲いかかってくる二人目の家士の姿を、視界の隅に捉《とら》えていた。

剣術の基本は一眼二足《いちがんにそく》と言われるように、まずは敵の位置を目視確認し、間を置くことのない足捌《さば》きで間合いを詰めていくことにある。

背後へ視線を走らせながら、浪人は向き直り、すっと間合いを詰める。

敵が刀を大上段に振りかぶる。体の正面ががら空きだ。

一歩踏み出すと同時に、浪人が柄頭を突き上げた。

「う！」

眉間を不意に突かれ、二人目の家士も失神した。

残る家士たちは、無言で刀を抜き連ねた。応じて、浪人も抜刀する。柄当てを見舞った体勢をそのままに、左手で握った鞘を下方へ引いたのだ。二尺四寸（約七二センチメートル）の刀身が露《あら》わになった。

家士団が手に手に構えている二尺三寸五分物の定寸刀とさほど変わらぬ刃長である。

戦乱が途絶えた太平の世に戦国乱世さながらの大太刀は好ましくないと見なされ、正《しょう》保《ほう》二年（一六四五）に幕府が規定した定寸の制は、直参・陪臣の別を問わず、主持《しゅうも》ちの侍に対して課せられたものだ。

しかし浪人ならば、懐《ふところ》具合に余裕がありさえすれば二尺九寸五分（約八八・五センチメートル）まで、好きな長さの刀を帯用していてもお構いなしだ。

まして用心棒というのならもっと長い刀のほうが、実戦向きなのではないか。

理由は、すぐに明かされた。

「ヤッ」

気合いも鋭く斬ってかかる家士の凶刃を、浪人は軽やかに受け流す。

数に任せて殺到してくる対手《あいて》といちいち斬り結んでいては、たちまち血祭りに上げられてしまうのは目に見えている。かざした刀身で上体をかばうようにし、斬撃を受けては流していくのが肝要なのだ。

これが定寸を超える長尺の刀であれば、思うようには扱えまい。長ければ長いほど自《おの》ずと重量は増し、ただ持っているだけでも負担を強いられるからである。

その点、二尺四寸物の一振りは浪人の身の丈にぴたりと合っていた。軽やかな足捌きと体《たい》捌きに連動させ、居並ぶ敵を圧倒していくのに不足のない、まさに得物《えもの》と呼ぶにふさわしい一振りだった。

家士たちは、ばたばたと路上に打ち倒された。

誰一人として、血を流してはいない。

見れば浪人は対手の肉体を捉える寸前、刀身を反転させているではないか。

「み、峰打ちか……」

後方に立ち尽くしたまま、旗本が信じられない様子でつぶやく。

柄を握った右手が我知らず、ぶるぶると震えている。浪人が尋常ならざる遣《つか》い手であることに、今更ながら気付いたのだ。

刃の付いている反対側の部分、すなわち峰で敵を悶絶させる峰打ちは剣術に熟達した者であっても容易には為し得ぬ、高等技術とされていた。

同じ刀身の一部であっても柔軟な刃部《じんぶ》に対し、峰は硬い。木刀を振るうようにして峰で打ち込めば刀身は衝撃を吸収しきれず、たちまち折れるか曲がってしまう。

また、最初から峰を返して立ち向かってくる者など、誰も恐れるはずがない。

あくまでも刃を向けて敵と相対《あいたい》し、体に届く一瞬前に刀身を反転させる峰打ちは、軽く打ち込むことが肝要といわれる。

むろん、理由は刀身が折れ曲がらぬように過度の衝撃を避けるためなのだが、ごく軽く体に当てていくだけでも失神させるのに不足はない。ほんの一瞬のうちに峰を返したとは気付かぬまま、斬られたと思い込んだ敵は、たちどころに気を失ってしまうからだ。

腕自慢の家士団が残らず沈黙するまで、長い時はかからなかった。

陽光に煌《きら》めく刀を中段に構えたまま、浪人は清冽に言い放つ。

「次はそなたの番だな、大将殿」

「…………」

押し黙ったまま、旗本は納刀した。

浪人が稀代の手練《てだれ》と知った以上、もはや逆らえるはずがあるまい。ここで自ら刀を抜いて立ち向かい、だらしなく打ち倒されてしまえば、二度とこの界隈《かいわい》を歩くことは叶《かな》わなくなるだろう。御上《おかみ》（将軍）より下される、自分の禄米が納められている蔵前に足を向けられない直参など、まさに天下の笑い者だ。

立ち尽くしたまま身震いする旗本をよそに、浪人も刀を鞘に納めた。作法通りに左手で握った鞘を引き絞る、世の剣術修行者の理想ともいうべき納刀姿勢であった。

悶絶したままの家士たちに活を入れて廻る間にも、微塵《みじん》の隙も見せはしない。悪旗本が盛大に漏らした舌打ちも意に介さず、浪人は最後の一人まで速やかに蘇生させた。

「何をしておるか、不甲斐ない者共め！」

ふらふらと立ち上がってきた家士たちを、旗本は腹立ちまぎれにどやしつける。

片頬を引き攣《つ》らせながらも、一声言い放つのは忘れなかった。

「覚えておれ、素浪人めっ」

お定まりの捨て台詞《ぜりふ》にも、浪人は一向に動じない。

「されば、おととい参るが良かろう」

涼しい顔で、浪人は続けて言うのだった。

「一昨日ならば馴染《なじ》みの煮売屋にて午酒《ひるざけ》を傾けておるゆえ、すまぬが往来で待っていてもらおうか。但《ただ》し、次は峰打ちでは済まぬやもしれぬぞ」

「ふざけおって……！」

嚙《か》みつきそうな表情になりながらも、旗本はすごすごと引き下がるしかなかった。

相手の腕の冴えを目の当《まあ》たりにした以上、二度と挑みかかれるものではない。酒食遊興の費《つい》えが入り用になったとしても、札差に談じ込むことはもはや無いであろう。

「やったぜ！」

「おととといきやがれってんだ!!」

歓声を上げる人足たちを、浪人は涼やかに見やる。

鏡十三郎、三十三歳。

加納屋をはじめとする札差の用心棒を生業《なりわい》とする、無位無冠の浪人であった。

二

四半刻（約三十分）後。

加納屋の奥（居住空間）に通された十三郎は、悠然と二服めの煙管《キセル》を吹かしていた。着衣と同様に使い込まれてはいたが、よく手入れの行き届いた銀煙管である。

まるみを帯びた雁首《がんくび》には、まったくヤニが積もっていない。一服するたびに、こよりを通して掃除することを心がけているのだろう。

出された茶菓は、きれいに平らげた後だった。饅頭《まんじゅう》に添えられていた黒文字《くろもじ》（爪楊枝《つまようじ》）にも、餡《あん》の汚れひとつ残ってはいない。

この十三郎、よほど几帳面《きちょうめん》な質《たち》であるらしい。

「……」

ふわふわと、紫煙が縁側に漂い出ていく。

と、廊下を歩いてくる男の姿が見えた。

十三郎はさりげなく煙を払い、灰吹きに雁首を打ち付ける。灰を落とすしぐさひとつを取っても如才ないものだった。

「鏡様」

見るからに上品そうな男が、敷居際に跪《ひざまず》く。

加納屋友蔵、五十八歳。ここ蔵前でも古株の札差である。

「何と御礼を申しまして良いのやら……」

半ば白い頭を友蔵は幾度も下げる。

「案じるには及ばぬ」

そう告げる十三郎の横顔には、穏やかな笑みが浮かんでいた。

質の良くない旗本・御家人が差し向けてくる浪人や蔵宿師を撃退するため、諸方の札差に雇われている十三郎だが、この加納屋友蔵とはとりわけ懇意な間柄だった。

気が合う、というべきだろう。

札差はこの江戸では分限者《ぶげんしゃ》、そして粋人《すいじん》の代名詞だ。だが友蔵は真面目一方であり、往年の吉原《よしわら》で「十八大通《じゅうはちだいつう》」の異名を冠した遊び好きの同業者たちとは、一線を画していた。

商家においても武家と同様、使用人から主人に至るまでの格付けを着衣で示さなくてはならないため、着るものだけは上物の絹を用いている。しかし夏用の薄物以外はすべて一着で通し、季節に合わせて裏地を付けたり外したりして単《ひとえ》、袷《あわせ》、綿入れにするという、裏店《うらだな》住まいの町人と同じやり方で一年を過ごしていた。

堅いばかりの石部金吉《いしべきんきち》として敬遠される向きもあるが、店の使用人や抱えの人足はむろんのこと、顧客たちからも信頼が厚かった。

すべての無役の直参が、先程やって来た悪旗本のように、遊ぶ金欲しさで強談に及んでくるわけではない。茶屋酒など一切やらず、屋敷の長屋を家作《かさく》(貸家)にしたり、裏庭に畑を作ったりして地道に暮らしている者のほうが、むしろ多かった。

それでも生活苦に陥《おちい》るのは、禄米の石高が家格に合わせて永年一律であるというのに米相場は年々変動し、物価は上がる一方という世の仕組みゆえのことだった。

米の穫《と》れ高には、自ずと限りがある。そんな禄米だけを頼りにして、地道に生きていかざるを得ないのが、幕藩体制の下での武士の宿命だったといえよう。

そんな父祖の代からの宿命を受け入れ、地道に生きていながら窮々とせざるを得ない旗本・御家人たちのためとあれば、加納屋友蔵とて出来うる限りの融通を惜《お》しまない。回収の見込みが薄いからといって、他の札差のように法定金利の年一割を遥《はる》かに越える、不当な利子を課すこともしなかった。

そのため、暴利をむさぼる同業者たちの反感を買っていたわけだが、十三郎にはどの得意先よりも好ましく、力になってやりたい相手であった。

安心させるように、十三郎は続けて言った。

「あやつらとて、腐っても直参の身。これに懲《こ》りて、向後《こうご》は斯様に軽はずみな真似《まね》は慎《つつし》むことであろう」

「有難う存じます。これを……」

顔を上げた友蔵は、恭《うやうや》しく紙包みを差し出す。

美濃紙の包みは分厚かった。一分金が二、三枚はくるんであると重みで分かる。

「要らぬ」

十三郎は、そっと包みを押し戻す。

「手当てならば、先に頂戴しておる」

「何と申されます」

友蔵は微笑《ほほえ》み返す。

「ほんの気持ちにございますよ、さ」

目尻を下げた笑顔には、押しつけがましさなど微塵も無い。

接する者を優しく包み込む微笑みだった。

釣り込まれるように口元を綻《ほころ》ばせ、

「されば有難く、年越しの費えに納めさせてもらうと致そう」

十三郎は礼儀正しく紙包みを押し頂き、袂《たもと》に納めた。

と、その時。

「だ、旦那様っ」

店の手代が、慌《あわ》てた様子でやって来た。

座敷の客に接するときの心得で前掛けこそ外してはいたが、足音が騒々しい。

「何事ですか、そんな慌てて」

やんわりと問い返す友蔵に、手代は緊張を隠せぬ面持《おもも》ちで言上《ごんじょう》した。

「お、奥印金《おくいんきん》を返せとの、お申し立てにございますっ！」

上がり框《がまち》に座していたのはお仕着せの羽織袴を着けた、旗本屋敷の用人体《ようにんてい》の男だった。中年で、ごく目立たない風貌をしている。しかし、その両眼は炯々《けいけい》とした光を放っていた。甘く見れば即座に足元をすくわれかねない、油断のできぬ手合いといえよう。

「そなたは？」

店先に出てきた十三郎は、静かな口調で問いかける。

男が無言で指し示したのは、一通の書き付けだった。

十三郎は右手で受け取るや、さっと巻き紙を広げた。漢数字が、びっしりと書き連ねられている。

「成る程……」

一言つぶやくと、十三郎は固唾《かたず》を呑んでいた手代に背中で告げる。

「算盤《そろばん》を」

「は、はいっ」

手代が走ったのを見届け、十三郎は板の間に座した。対する男は終始無言で座したまま、事の成り行きを見守っている。

手代が駈け戻ってきた。

「ご苦労」

算盤を受け取った十三郎は滔々《とうとう》と語り始めた。

「貴公が申し立ての儀、奥印金のことと承《うけたまわ》っておる。三月《みつき》前の書き換えの折に、こちらの主人が受け取りし礼金に非違あり、即刻返却願いたいとの由だが」

「左様……」

低い声で即答するや、男は続けて言った。

「奥印金、すなわち証書を書き換えし折にそなたら札差が受け取る礼金は、元金の二割が相場。然るに加納屋はわが殿より、実に五割にも当たる千両をせしめおった。これを非道と言わずして、何としようぞ。いかに札差びいきの柳営とて、見逃しはするまい。下手をすれば過料では済まず、店が取り潰しになるやもしれぬぞ」

感情を一切感じさせない口調に静かな迫力が込められている。

しかし、十三郎はまったく動じはしなかった。

「お黙りなされ」

一声告げるや、てきぱきと算盤を弾き始める。

瞬《またた》く間に、必要とする答えが算出された。

「そなたが主君の借財は、元金二千両。年利一割の利子が、この五年来、積もり積もって千両にも達しておる」

「それが如何《いかが》致した」

算盤を示された男は、憮然と言い返した。

「殿はいずれ返すと申しておられる。まっこと腹立たしいが奥印金とて、毎度払うに否《いな》やはない。ただ、こたびの奥印金が不当と申しておるのだ」

「成る程」

頷くや、十三郎はさっと算盤を振った。

いちど御破算にした上で、速やかに別の金額を弾き出す。

「ご覧あれ」

示された額は、またしても一千両である。

「馬鹿にしておるのか、おぬし」

男は睨《にら》みつけてきた。

「何の座興のつもりじゃ？　訳が分からぬ」

「順を追って、お話し致そう」

十三郎は流れるように語り始めた。

「年に四度の書き換えをするたびに元金の二割ずつ、つまりは年八割の礼金を頂戴するが札差の常道。ご承知の上であろう」

「無論。それが腹立たしいと申しておる」

憮然とした面持ちのまま、男は即答する。

「ために、わが殿をはじめとする御直参衆は難儀しておられるのじゃっ。返せ！　我が殿が虎の子の千両を即刻返せっ」

世の札差は年四回、春夏秋冬に証書を更新する。そのときに元金の二割を、利子とは別の礼金という名目で求めてくる。まったく、暴利と呼ぶ以外にない。

しかし、加納屋の場合は他の札差衆といささか趣旨が違うようであった。

「待たれい」

変わらず落ち着いた口調で、十三郎は言った。

「友蔵殿が証書を書き換えし折に金子《きんす》を求めたは、こたびが最初のはずじゃ」

「それが理不尽と申しておるっ」

「待たれよ。本来なれば五年で八千両、世間に憚《はばか》ることなく儲《もう》けられようというのを、わずか千両で手を打った。そなたとて、知らなかったとは申すまいな？」

「む……」

男の横顔に、動揺の色が浮かび始めていた。

十三郎が何を言わんとしているのか、気付いたのだ。

「左様。こたび所望せし千両は、この五年の間に積もりに積もりし金利に当たる。友蔵殿はそなたが主君の窮状を哀れみ、奥印金の名目で千両のみ申し受け、五年来の利息までも余さず受け取ったことにしたはずじゃ。某もその場に同席しておった故、間違いはない」

「……」

「それを逆恨みして返却せよなどとは、人として間違っても申せぬことのはず」

男はがっくりとうなだれた。

もとより望んで乗り込み、因縁をつけてきたわけではないのだろう。

かの旗本は妻の実家に泣きついて融通してもらった千両を、利息をまけてくれた友蔵の温情に涙しながら差し出したものだ。しかし、すべては芝居だった。こうして後から用人を乗り込ませ、言いがかりをつけて金を取り返すつもりだったのである。

「……お恥ずかしき次第じゃ」

訥々《とつとつ》と、男はつぶやく。

「札差への借財など徳川様の天下が打ち続く限り、孫子の代まで放っておいても大事なきこと。せっかく奥（正室）の実家まで謀《たばか》って吐き出させし一千両、今は己が楽しむための金子として入り用なのだと、わが殿は臆面もなく申されてな……用人としてご奉公せしばかりとなれば諫《いさ》めるどころか、唯々諾々《いいだくだく》と従う以外に無かったのじゃ」

「それが臣下として為すべき責とあらば、事の理非はともあれ務めるしかあるまい。されど、この蔵前での無法は某が許さぬ。即刻、お帰り願おうかの」

「相分かった」

男は、ゆらりと立ち上がった。

去りゆく背中を、十三郎は黙って見送る。

手ぶらで屋敷に戻った男が如何なる仕打ちを受けるのか、たしかに気の毒ではある。しかし、いちいち同情してなどはいられない。何年分もの禄米を前借りしていながら一向に恥を知らず、金に窮してはさまざまな難癖を付けてくる直参どもと渡り合い、退散させるのが鏡十三郎の生業なのだ。

「友蔵殿……」

いつの間にか出てきていた主人に、十三郎は淡々と告げた。

「人に情けをかけるも、程々にするが良かろう。そなたの情に付け込み、ああやって無体《むたい》を命じて参る者が居るということを、心得られよ」

「左様に申されますな」

苦笑を浮かべながらも、友蔵は揺るぎのない口調で答える。

「それでも私は人の誠とやらを信じていたいのですよ、鏡様」

「されば良い。某は雇い主のそなたを信じるのみじゃ」

微笑み返すと、十三郎は左手に提《さ》げていた刀を帯びた。

さっと丁稚《でっち》が雪駄を持ってくる。

土間に降り立つのを、店の者たちが総出で見送る。友蔵も柔和な笑みを絶やさぬままに、頭を下げている。

と、暖簾を割って一人の娘が入ってきた。

「鏡さま!」

信玄袋《しんげんぶくろ》を振り振り、娘が駈け寄ってくる。

高い鼻梁の目立つ、華やかな造作である。小柄ながら四肢は伸びやかで、程よく肉付きもいい。

倹約家の友蔵の娘らしく、派手な簪《かんざし》の類は一切挿していなかったが、全身が匂い立つような若さに満ちていた。

お涼《りょう》、十九歳。

加納屋友蔵の溺愛して止《や》まない一人娘だ。

「お出でになられていたのですね。嬉しい！」

お俠《きゃん》な町娘らしく、喜びを露《あら》わにしている。

母親は、すでにこの世にはない。友蔵は五年前に妻が病死して以来、娘のことを気遣って男やもめを通してきた。そのためか一人娘のお涼には、贅沢《ぜいたく》こそ許されぬまでも我が儘一杯に育った向きがあった。

「久しいの、お涼殿」

十三郎の態度は、淡々としたものだった。

「今日は務めも済ませたゆえ、失礼いたす。御免」

「もう……！」

ぷりぷりしながらも、お涼は後を追えずにいた。

いかに好意を寄せていても、女のほうから迫るのは慎むべきである。

まして父親の了承の下、正式に婿に迎えたいと一途に恋い焦《こ》がれている殿方がお相手となれば、尚《なお》のことだった。

「待っていますよ、十三郎様……」

切なくつぶやく声も、当の相手の耳にまで届いてはいなかった。

三

霜月《しもつき》（十一月）の冷たい風が、雪駄履きの足元を吹き抜けていった。

ふっと冬空を見上げた十三郎は、独りごちる。

「……今宵は雪だな」

年が明ければ、十三郎は三十四歳になる。もはや、若いとはいえぬ齢《とし》だ。

商家の奉公人は、四十を過ぎて暖簾分けが許されるまで嫁を取ることができない。一家を構えるともなれば女房持ちでなければ立ち行かぬわけだが、裏店暮らしの居職《いじょく》の職人や棒手振《ぼてふ》りの行商人にしても、独り身の者がほとんどだった。

札差の箱入り娘、それも一回り以上も年下の、見目麗《うるわ》しい令嬢から望まれて止まない婿入り話を断り続けているとなれば、世の独り者から恨まれても致し方あるまい。

しかし十三郎にとって、加納屋父娘は生業の得意先以外の何者でもない。どれほど先方から望まれたとしても、ゆめゆめ婿入りする積もりなどありはしなかった。

自分には、幸せになる資格は無い。そうとまで思い定めているのだった。

十三郎は八丁堀《はっちょうぼり》の南河岸、大富町《おおとみちょう》に住んでいる。

明治維新後に新富町《しんとみちょう》と改称されたこの一帯は、江戸市中の何処《どこ》へ出るにしても交通の便が良い。急ぎのときに辻駕籠《つじかご》を拾うにも、まったく不自由が無かった。

飄然《ひょうぜん》と長屋の木戸を潜った十三郎は、自分の棟の腰高障子を引き開けた。

狭いながらも、中二階付きの物件だ。

まずは土間の瓶《かめ》から水を汲《く》み、念入りにうがいをする。整然と片付いた畳の間に上がると、すぐさま刀の手入れに取りかかった。

「こればかりの疵《きず》ならば、研《と》ぎに出すには及ぶまいな……」

つぶやきながら刀身を返し、丹念に打粉《うちこ》を振る。

刀の研磨に用いた水を蒸発させ、精製した打粉には刀身の古い油を落とすと同時に、小さな疵を磨く効果がある。

むろん、人体を骨まで断ち斬ったとなれば、専門の研師に頼まなくてはならない。骨身を切断した刃にはヒケ疵（擦過傷《さっかしょう》）が生じるため、打粉を振って懐紙で拭《ぬぐ》った程度のことでは直らぬのだ。

幸か不幸か、まだ十三郎には人を斬った経験が無い。

小野派一刀流の皆伝者だった亡き師が折に触れて、こう説き聞かせてくれていた。

『剣は人を殺《あや》める凶器には非ず。己が心を抑えるための利器と心得い』

そう心得ていればこそ、生計を立てるために刀を振るいこそすれども、血塗《まみ》れにさせることだけは避けてきた。

他流派の剣客に教えを乞《こ》い、峰打ちを会得したのもそのためである。

だが、十三郎はどこか後ろめたかった。たとえ斬人にまでは及ばずとも、己の生業は武士の魂たる刀を、そして表芸たる剣術を軽んじていることに何ら変わりはないのではないか――そんな想いに駆られていたのだ。

「先生……」

誰もいない空間で、十三郎は独りつぶやく。

「不肖の弟子、何卒お許しくだされ」

剣術と算用の才に長け、大店の婿にと望まれていながら応じようとしない男の心の奥底には、言い知れぬ葛藤が渦巻いているようであった。

明らかに、十三郎は生きることを快《こころよ》しとしていない。かといって、己を空しくしたい――自らの手で生命を縮めたいとまで考えているわけでもなかった。

十三郎には生きて、成し遂げなくてはならない使命があるのだ。

長屋住まいに甘んじている十三郎だが、春先までは亡き恩師から受け継いだ道場を営む身であった。

その道場も、今は無い。恩師が残した借金の抵当に取られ、更地にされてしまったのである。

むろん、数こそ少ないながらも門人がいなかったわけではない。しかし若い十三郎に代替わりしてからは掌《てのひら》を返したように冷たくなり、愛着深いはずの道場が取り壊されるというのに一顧だにしてはくれなかった。

ひとたび失った土地と屋敷を再び手に入れるのは、少なからぬ金子を要する。十三郎が独力で為すのは、容易ならぬことだった。

こうして裏店に侘《わ》び住まいし、収入の割が良い代わりに危険と隣り合わせの用心棒稼業に従事すること自体は、全く苦にはならない。

恩師の道場を再建し、一人の武士としての生涯を全うする。

ただただ、それだけが願いだった。

道場を構えるといっても、別に一家を構えたいというわけではない。妻女を娶りたいとさえも、考えてはいないのだ。どれほど加納屋のお涼から熱い想いを寄せられても受け入れようとしないのは、所帯を持つことが道場再建の障《さわ》りになるから、という理由だけではなかった。

「……寝る前に、ひと汗流すか」

手入れを終えた刀身を鞘に納めて、十三郎は立ち上がった。

長屋の土間には、竈《かまど》が据え付けられている。

焚き口が一基きりの小さなものではあるが、独り者が毎朝の飯を炊き、体を拭くための湯を沸かすぐらいのことならば申し分はない。

埋み火を熾《おこ》し、乾いた薪をくべる。

釜の底に残っていた焦《こ》げをきれいに除き、大瓶の水を柄杓《ひしやく》で汲み入れる。

倹約のため灯心を一本点《とも》したきりなので屋内は薄暗く、はっきりとは見えないが、炊事道具も什器も所定の位置に、きちんと置かれている。

万事が男所帯とは思えぬほど、整然と片付いていた。

碗ひとつ引っ繰り返すこともなく、十三郎は湯浴みの支度を終えた。

釜の湯が沸き上がるのを待って、大盥《おおだらい》を土間に置く。水を足しながら湯加減を整え、袴を脱ぐ。角帯をくるくると外し、長着と肌襦袢《はだじゆばん》を取り去ると、下帯ひとつの逞しい裸身が薄闇の中に浮かび上がった。

力士のように筋骨隆々としているわけではないが、無駄に肥えてもいない。ぜい肉というものが皆無の、針金の如く引き締まった体軀であった。

それにしても、十三郎は色白だった。肌も女性かと見紛《みまが》うほどに、きめ細かい。お涼ならずとも、目の当たりにすれば惚れ惚れせずにはいられないことだろう。

ただ、奇妙な点がひとつだけ目に付いた。

厚い胸板に生えた毛が異人を思わせるほど、ちりちりと細い。

大盥の中にしゃがんだ十三郎は、黙然と全身を拭う。

自分の体がどこか他の者と違うのに気付いたのは、ちょうど十歳の頃だった。

爾来《じらい》、表で肌身を晒《さら》すことを避け、湯屋に足を運ぶことも止めた。

長いこと陽の光に当たっていると肌に斑点が浮き出るため、海や川で泳ぐことも避けている。異人にはそばかすが多いと知ったのは、ちょうど同じ頃のことであった。

十三郎の体には、異人の血が四分の一流れている。

亡き母の父——自分にとって祖父に当たる男は、オランダ人なのだ。

異人の血を引く、己が子種を後世に残したいとも思わない。

むろん、お涼のことは愛しい。

彼女と出会う以前にも、想いを寄せてくれる女性は幾人もいた。

しかし所帯を持てば、その先に待っているのは、当人は望まずして異人の血を受け継ぐ不幸な赤ん坊の誕生だけである。

望まざる宿命を背負うのは、自分一人で十分。

十三郎は、そう思い定めていた。

冷えぬように身支度を整え終えたところで再び土間に降り、残り湯を流しに捨てる。

盥を傾ける手が、ふと止まった。

剣客の常として、十三郎は夜目が利く。

湯浴みで抜けた紅い体毛が、ちりちりしたまま盥に浮いている。

十三郎は無言で盥を傾けながら、流しにこぼれていく生暖かい湯を、忌々《いまいま》しい思いで見やるのだった。

文政八年（一八二五）十一月六日（陽暦十二月十五日）。

江戸の空に、粉雪の舞う晩のことだった。

第二章　長崎から来た男

一

その夜。闇の中を、十三郎は懸命に駈けていた。

誰かが自分を追ってくる。

襲撃者たちは、信じ難い速さで背後に迫りつつある。

「おのれ……」

十三郎は、ぎりっと歯嚙《が》みした。

湯浴みをしながら寝入ってしまったのか、一糸まとわぬ素裸だった。

しかし幸いなことに、愛刀は右手に握っていた。これさえあれば、相手が何者であろうと恐れるには及ぶまい。

それに、自分は武士なのだ。日の本に在って最も高潔であり、すべての民の見本として生きる、武士なのだ。

いつまでも逃げ続けるのは、恥辱以外の何ものでもないだろう。そう思い定めた十三郎は走るのを止めて、背後へ向き直った。

「何者か！」

中段の構えを取るや、腹の底から大喝する。

追っ手の一群は、手に手に見慣れぬ得物を提《さ》げていた。細身の長い刀身は唐土《もろこし》（中国）のものでも、韓《から》の国のものでもない。明らかに、西洋人の持つ長剣だった。

見慣れぬ構えを取った追っ手たちの相貌もまた、異形の極みだった。ぎょろりと剝《む》いた目は青く、鼻梁は天狗を思わせるほど高々と天を向いている。そして大きく裂けた口元には、嗜虐《しぎゃく》の笑みが浮かんでいた。

『死ネ』

『死ネ』

不気味な声を上げながら、異人の群れは殺到してくる。

十三郎は見返しつつ、右足を前に出す。

そして半身になったまま、下段に取り直した刀身を旋回させ始めた。

両の手首を最初は小さく、やがて大きく回しながら、間合いを詰めていく。

異人たちは、一歩も動けない。不用意に踏み出せば即、十三郎の刃を受けることになるからである。

十三郎が見せたのは、小野派一刀流に秘伝の技だった。

一刀流の開祖である伊藤一刀斎景久《いとういっとうさいかげひさ》が寝込みを襲われたとき、無我夢中で刺客の一団を撃退した折の体験から編み出したという『払捨刀《ほしゃとう》』の一手・龍尾返《りゅうびがえし》だ。

刀身を龍の尾の如く、絶え間なく旋回させることには、複数の敵を威嚇《いかく》する効果が込められている。

異形の襲撃者たちも、さすがに手を出すに出せないかと思えた刹那《せつな》。

『死ネィ！』

闘気に満ちた声を発し、一人が上段から斬り付けてきた。柄を両手で握っている。

動じることなく、十三郎は迎え撃つ。

両の足を踏み締めるや、逆袈裟《ぎゃくげさ》に斬り上げる。

しかし、刀勢を込めての斬撃は、空しく宙を断っただけだった。

如何《いか》にして、異人は自分の刃をかわしたのだろう。

「おのれっ」

次の瞬間、十三郎は右足を踏み出す。真っ向斬りを浴びせに行ったのである。

だが、必殺を期した第二撃もやはり手応えを感じなかった。

かわされたわけではない。異人は真っ向を斬られていながら、傷ひとつ負ってはいなかったのだ。

「な……」

茫然と立ち尽くす十三郎に、たちまち異人たちが詰め寄る。異形の長剣が、続けざまに肩に胴に食い込んだ。

「うっ!?」

奇妙なことに、痛みは全く感じなかった。

その代わり心に、耐え難いほどの激痛を覚えていた。

自分は、異人に敗れた。日の本の武士たらんと欲し、厳しく己を律し、常に折り目正しく身綺麗に生きてきた自分が、異人の剣に敗北したのだ。

これほどの、耐え難い恥辱があるだろうか。

「こ、殺せ！　殺してくれ！」

声を限りに叫んだが、幾条もの長剣に斬り苛《さいな》まれていながら、十三郎の体からは一滴の血も流れ出ていない。

かくなる上は、自決するまでだ。

十三郎は残る力を振り絞り、切っ先を己が腹へと突き立てた――

喝《かつ》と目を見開いたとき、十三郎は布団の上に横たわっていた。

おずおずと指を伸ばし、乱れた肌襦袢《はだじゅばん》の前を探る。引き締まった腹筋には傷ひとつ、できてはいない。指先にも一滴の血も付いてはいなかった。

「夢、か……」

暗がりの中で、十三郎は深々と溜め息をつく。

真夜中の長屋は、漆黒の闇だった。どんな貧乏所帯でも不意の火事や盗人騒ぎに備え、枕元には常夜灯を点けておくのが常なのだが、夜目の利く十三郎は用いない。

手探りで付け木と火打ち石を探し、かちかちと打ち合わせる。

行灯を点した十三郎は、ぐっしょり濡れた肌着を取り替える。襦袢だけでなく、下帯まで汗にまみれ切っていた。せっかくの寝しなの湯浴みも、無駄になってしまったらしい。

それにしても、久方ぶりの悪夢だった。

まだ幼名の『太郎』と名乗っていた頃に始まり、江戸へ来て恩師の許で暮らし始めてからはさすがに寝小便こそ漏らさなくなっていたが毎晩のように同じ夢にうなされ、大声を上げて飛び起きたものである。

無二の恩師であると同時に養父でもあった鏡隼之助は、そんな十三郎を叱《しか》ることもなく寝汗にまみれた肌着を着替えさせ、再び眠りに就くまで枕元で優しく見守ってくれるのが常だった。

昼日中に道場で激烈な稽古を課すのと同一人とは思えぬほど、それこそ実の親も及ばぬほどに面倒を看てくれたのである。そのおかげで十三郎は心の病に陥ることもなく、元服して名を改める頃には悪夢に取り乱す癖も無くなった。

何故に二十年近くを経た今になって、あの夢を見てしまったのだろうか？

夢の中で丸腰のまま異人の群れに責め苛まれるばかりだった少年の頃と違って、今の十三郎は刀を振るって立ち向かうことができた。だが、小野派一刀流の秘剣でも、異形の剣士たちを返り討ちにすることはできなかった。

腕に覚えのある身となった今もなお、自分は異人に勝てないのであろうか――

夢となれば斬っても手応えがなく、逆に斬られても痛みを覚えないのは当たり前のことだろう。

とはいえ、負けるのはどうにも耐え難い。

明かりを吹き消し、再び床に就いた十三郎は、ぽそりと独りごちた。

「本物の異人の剣技とは、如何なるものなのだろうな」

そもそも、十三郎は敵の手の内を知らないのだ。

たとえ夢の中のことであっても本気で制したいと思うならば、然るべき策を講じずには済まされまい。

今夜は幸いにも叫び声を上げるには至らず、寝汗をかいただけだったが、また同じ夢を見たときにも我を失わずにいられるかどうかは、まったく分からない。

壁の薄い長屋で真夜中に絶叫などすれば、たちまち近所中の笑いものになるだろう。

十三郎にとって、それは何よりも耐え難いことだった。

悪夢を断つには、ずっと目を向けるのを避けてきた異人と向き合い、その剣技を含めた実態を知らなくてはならないのかもしれない。

箱枕にもたせかけた頭を振り振り、十三郎は思案する。

「あるいは土方様ならば、ご存じやもしれぬが……明日の稽古の折にでも、さりげのう話を向けてみようか……」

つぶやくうちに、形の良い双眸が閉じていく。

今度はうなされることもなく、眠りに落ちたらしい。

すうすうと安らかな寝息が、暗い部屋の中に流れる。

二十年ぶりの悪夢が何を意味するのか、当の十三郎にはまだ、知る由もなかった。

二

十三郎の朝は早い。

悪夢を見た翌朝も、明六つ（午前六時）に木戸の開く音で目を覚ました。

腰高障子越しに、朝の光が差している。申し分のない晴れ模様だ。

布団から這い出た十三郎は、肌襦袢《じゆばん》の上に掻《か》い巻きを羽織る。真夜中の悪夢にうなされたときの乱れた姿は微塵も残っていない。すっきりと目覚めて、立ち上がった。

「……冷えるな」

土間に立ったとたん、足元から冷気が漂ってくる。十一月ともなれば、江戸はもう冬の真っただ中だった。

常《つね》履きの下駄を突っかけ、十三郎は腰高障子を引き開ける。

陽光が目に眩《まぶ》しい。

明るい朝日の差す下で、年老いた木戸番が路地を掃《は》いていた。

「お早う、鏡の旦那」

「とっつあんこそ、朝早くからご苦労なことだの」

いつも気安く声をかけてくれる木戸番に、十三郎は笑顔で応じた。

多吉《たきち》、六十七歳。江戸雇いの陸尺《ろくしやく》（駕籠かき）として大名屋敷に長年奉公し、寄る辺のない身の上ゆえに年老いてから木戸番となった多吉は、駄菓子屋を副業にしている。道場を失った十三郎が長屋に越してきて以来、何かと気遣ってくれる好々爺《こうこうや》だった。

「今日も外出《そとで》かえ」

「うむ」

「蔵前に出向かなくってもいい日なんだろう？」

「されど、所用があるのでな」

「ま、せいぜい無理だけはしねぇこった」

二人の吐く息は白い。

凍て付く寒さの中、とんとんと足踏みをしながら多吉は問うた。

「例の、剣術の出稽古かい」

「これも務めだからの」

寒中でも微笑みを絶やすことなく、十三郎は答える。

「そうかい。お前さんも、何かと大変だねぇ」

労《ねぎら》いながら、多吉は続けて言った。

「それにしても、お前さんぐれぇ甲斐性がありなさるんなら、もっと静かな場所の仕舞屋《しもた》でも借りなすったらいいものを……こんな騒がしい裏店で、よく飽きずに長続きしているもんだぜ」

老木戸番の言葉を裏付けるかのように、ぱたぱたと足音が聞こえてきた。一団の小児が、路地に走り出てきたのだ。

手に手にちっちゃな手ぬぐいをぶら下げ、共用の井戸へ顔を洗いに行くのである。

「おじちゃん、おはよう!」

「うむ」

頷き返す十三郎に子どもたちはにっこり笑いかけていく。

二刀をたばさむ身でありながら決して武張《ぶば》らず、たとえ子どもでも相手を軽んじることのない十三郎に、小さいながらも敬意を払っているのだ。元気にどぶ板を踏み鳴らしていく一団を、十三郎は微笑みながら見送った。

朝が早いのは老人と小児ばかりではない。棒手《ぼて》振りと呼ばれる青物や魚介の行商人の女房たちは疾《と》うに起き出し、早朝の仕入れから戻ってきた足でそのまま市中の得意先を廻る亭主のために、朝餉《あさげ》の支度を整えていた。

各棟の無双（天窓）からは、飯と味噌汁の香気が盛んに漂い出ている。

顔を洗って戻ってきた子どもたちに慌ただしく食事をさせている母親たちの声までも、盛んに聞こえてくる。

「ほら、よそ見しないで早く食っちまいな！」

「こら！　朝から飯に汁なんざかけるんじゃないっ。縁起でもないことをする子だよ」

良く言えば活気に満ちた、悪く言えばたしかに騒々しい裏店の朝の風景であった。

「俺ぁ身寄りもねぇ身だから、こんな木戸番暮らしでも辛抱しなくっちゃならねぇけどよ……」

甲斐甲斐しく路地を掃きながら、多吉はぼやきまじりにつぶやく。

「お前さんはまだまだ、ひと花もふた花も咲かせられる齢《とし》だろう？　ご浪人さんのままでお気楽に過ごしたいってのも分からなくはねぇがよ、いっそのこと、出稽古に行っている御屋敷に勤めてみたらどうだえ。お前さんほどの器量なら、まず断られやしめぇ」

小者とはいえ武家奉公を長年こなした身ならばこそ、こんなことも言えるのだろう。

「忝《かたじけ》ない」

笑みを浮かべたまま一言返し、十三郎は踵《きびす》を返す。

子どもたちが去った後の井戸端には、共用の桶がひっくり返っていた。

ひょいと拾って十三郎は水を汲む。

夏場はむろんのこと、冬の最中でも自前の瓶の水を洗顔に使うことはしない。釣瓶《つるべ》で汲み上げたばかりの水の冷たさは、即座に目が覚めると同時に、身の引き締まる気分にさせてくれるものだった。

洗い晒《ざら》しの六尺手ぬぐいで顔を拭きながら、十三郎はふと、視線を上げる。凍て付く空気の中、霜月の空は雲ひとつなく澄み切っている。

人の気分は、空模様に左右されるものである。たとえ意に添わぬ務めの待っている日であろうとも、こうして晴れゆく空をつくづくと眺めていれば、自《おの》ずと気分も明るくなろうというものだ。

ともあれ、まずは十分に腹ごしらえをしなくてはならない。

往来から納豆売りの声が聞こえてきた。

「味噌汁の具は、久方ぶりに刻み納豆にしようかの」

独りごちると、十三郎は小銭を取りに戻った。

五日に一度、さる武家屋敷へ十三郎は出稽古に赴《おもむ》く。

今日は、月が明けてから最初の稽古日に当たっていた。むろん相応の手当を頂戴してのことなのだが、どうにも気が乗らない。それでも十三郎が赴かねばならないのは、これが亡き師匠より引き継いだ大切な務めであればこそなのだ。

腹八分目に朝餉をしたため、手際よく什器を片付け終えた十三郎が雪駄を履いたのは明六つ半（午前七時）のことだった。

洗顔してからきちんと食事を摂って後片付けをし、外出するための身なりを整えるまでに要したのがわずか半刻（約一時間）。何につけても十三郎は段取りの良い質であった。

食器であれ茶器であれ、洗い物はすぐに済ませてしまう。

裏店とはいえ、流しは完備している。とりあえず小桶の水に浸けておき、手すきの折にまとめて洗えば良いだろうと考えるのが独り身の常だが、十三郎は違った。

いつ何時、人は急事に陥るか分からない。江戸の華といわれるほど頻繁に発生する火事は言うに及ばず、地震も多い。

また、生業の上でのしがらみから人の恨みを買いやすい十三郎は、撃退した直参からの襲撃を受けることもしばしばだった。

むろん、常に遅れを取ることなく、当て身と峰打ちのみで幾度となく危地を脱してきたが、これも身の回りの雑事に抜かりなく処し、いざというときに慌てることのないように、平素より心がけていればこそであった。

木製の流しは拭き浄《きよ》められ、きれいに拭き上げた茶碗と汁の椀、香の物の小皿は箱膳の中に仕舞われていた。まな板と庖丁、汁椀にべったり付いた納豆のぬめりは、竈《かまど》の灰を洗剤代わりにして、竹束子《だわし》で余さず洗い流した。

「さて、参るか」

路地を抜けた十三郎は木戸番の多吉に見送られ、裏店を後にした。

愛用の木刀と一緒に、奇妙な道具を提《さ》げている。一見したところ撃剣（剣道）の籠手《こて》に似ているが二の腕の部分が際立って大きく、厚みも目立つ。どうやら、鹿革を幾重にも縫い合わせてあるらしかった。

いつものように、十三郎は邸内の道場へ通された。

この屋敷の主《あるじ》は小体《こてい》ながら専用の稽古場を持ち、自身の剣術修行に供しているのだ。剣を学ぶ者にとっては、まさに垂涎《すいぜん》の環境と言えるだろう。

素振りは、人目に立たない場所であれば、何処でも出来る。居合も、天井に剣尖《けんせん》がつっかえない程度の高ささえあれば、無理なく屋内で稽古をすることが可能である。三畳では抜ける技も限られようが、四畳半あれば申し分ない。

しかし、撃剣には相応の広さと床板の強度、そして弾力性が不可欠である。

かつて伊勢の山海を管理する山田奉行《やまだ》を務めていた当時に、役得として入手した杉材で作らせたという道場の床は、一本の材木から一枚しか切り出せない板を用いている。

ふつうの町道場の床張りが継ぎ板であることを考えれば、その強度と弾力性は申し分のないものだった。

十三郎は、黙然と木刀を振るっている。

床は、つやつやと磨き上げられていた。最初に道場に入る者の務めとして、自ら掃除を済ませたのである。

床板は氷を踏むが如く、冷え切っている。まさに、足元から凍り付きそうな寒さであった。己が踏んだ板の上だけが温まり、周囲の床は冷たいままなのだ。道場入りした十三郎がまず床を拭こうとしたとき、干してあった雑巾《ぞうきん》は芯まで凍り付いていた。

しかし掃除を終えて木刀を手にした十三郎の顔は、今や潑剌《はつらつ》そのものだった。

「斯様な道場、他にはあるまいよ……」

白い息を吐きながら、しみじみとつぶやく。

十三郎がこの屋敷へ五日に一度訪れているのは、師の遺命を奉じてのことだけではない。他に類を見ない逸品の床板を踏み、木刀を振るうことへの魅力が、武芸修行者としての彼の心を捉えて止まないのであった。

とはいえ、不満がないわけではなかった。この道場の主は、恩師が没して十三郎が道場を手放さざるを得なくなったときに、何の救いの手も差し延べてはくれなかった。それでいて、自分はこんな立派な道場を持ち、出稽古に招いているのである。

恰幅の良い中年の武士が現れた。

「御前……」

十三郎は木刀をさっと下ろし、左手に持ち替えた。

「そのまま、そのまま」

端座した十三郎へ鷹揚《おうよう》に呼びかけると、武士は神棚に向かって拝礼した。着流し姿の寛《くつろ》いだ装いであっても、いきなり歩み入ってくるような不作法はしない。たとえ己が所有する道場といえども、礼を失することは許されないのだ。

謹厳な面持ちで拝礼する武士の名は、土方出雲守勝政。

現職で長崎奉行を務める、大身旗本だった。

三

長崎奉行といえば鎖国体制下で唯一、海外への正式な窓口として開かれた出島《でじま》を擁《よう》する西国の地の治安を預かる、徳川幕府の役職である。

長崎に初めて奉行を置いたのは太閤・豊臣《とよとみ》秀吉《ひでよし》だ。九州征伐により諸大名を従えた秀吉は、文禄《ぶんろく》元年（一五九二）に唐津《からつ》城主の寺沢《てらざわ》志摩守《しまのかみ》広高《ひろたか》に長崎を治めさせた。

秀吉の死後、慶長《けいちょう》五年（一六〇〇）の関《せき》ヶ原《はら》の戦いに勝利した徳川家康《いえやす》は三年後の慶長八年（一六〇三）、江戸開府と同時に長崎を直轄地の天領と定めて、徳川幕府最初の長崎奉行となる小笠原一庵為宗《おがさわらいちあんためむね》を現地へ赴任させている。

そして徳川一族は豊臣政権以上にキリスト教徒を弾圧するのと併行し、イギリス、スペイン、ポルトガル船の来航を禁じた。

唯一の正式な交易国と認めたオランダにも、幕府は厳しい規制を加えた。

それまで良港の地・平戸《ひらど》に置かれていた商館を、寛永《かんえい》十八年（一六四一）に長崎湾内の出島へ移した。本国から定期的に派遣される交易船に乗ってくるオランダ商館員、そして幕府との私《わたくし》貿易のために来航する唐土（中国）の民間商人まで、すべての異国人を出島に集住させたのである。

長崎奉行は対外交易が円滑に行われるように管理・支配すると同時に、オランダと唐土以外の国々から渡来する異国船の警備に采配を振るう。徳川幕府が鎖国体制を維持する上では必要不可欠な、まさに要職中の要職だった。

長崎奉行は、二人制の役職で原則として一年交替で現地へ赴任して在勤し、もう一人は江戸に在府する。

目下のところ江戸に在府中の土方勝政も来春には江戸を発ち、長崎在勤中の高橋越前守重賢と交代することになっていた。

慇懃《いんぎん》に頭を下げた十三郎に歩み寄り、土方は問うた。

「時に、隼之助の墓には参っておるか」

「祥月命日《しょうつきめいにち》には欠かさず、日暮れ前に参上仕《つかまつ》っておりまする」

「それは重畳《ちょうじょう》……」

頷《うなず》き返しつつ、土方はふっと目を細めた。

「隼之助はそちにとっては親代わり。儂《わし》にとっても、無二の友であったからのう。そちが赤心《せきしん》、必ずや天にまで通じておろうぞ」

「恐れ入りまする」

生前の二人が親交の厚い、まさに刎頸《ふんけい》の友と呼ぶにふさわしい間柄だったことは十三郎も承知している。

だが、許せない点が皆無というわけではなかった。言うまでもなく、道場の一件だ。大身旗本であり、今や長崎奉行の要職にまで就いた出世頭だというのに、なぜ亡き隼之助のためにあのとき何の援助もしてはくれなかったのか。

「……十三《じゅうざ》」

ふと、土方が口を開いた。

「そちは今も裏店に住み、赤貧に甘んじて蓄財に励んでおるそうだの」

「は」

「すべては、隼之助が道場を再建するためか?」

「……」

「ご苦労なことじゃの。儂も肩入れができれば良いのだが、長崎奉行の職を得るまでには諸方への費えが多かったものでな……道場を守れなんだはつくづく心苦しい限りじゃ」

「恐れ入ります」

十三郎は淡々と、謹厳な面持ちのまま答えを返す。

むろん、心の内は違っていた。

(何を今更……)

師の隼之助が没した当時に、土方家の内証が表向きほど豊かなものでなかったのは承知している。十三郎とて子どもではない以上、ごねたり、恨み言を口にする積もりはない。

しかし、土方が年来の友を結果として見捨てたのは、紛れもない事実なのだ。

せめてもの罪滅ぼしの積もりで、十三郎を出稽古に呼んでくれているのだということも分かっている。

諸家への出稽古で稼いだ金は用心棒稼業の報酬ともども、こまめに加納屋へ足を運んでは友蔵に預けている。長屋に置いておけば火事や盗難を防げないが、立派な蔵を持つ加納屋ならば安心であり、何よりも信用できる。

利殖で増やすならば蔵前での人脈を生かし、米相場など張ってみるという手もあるのだろうが、武士らしからぬ手段で金を儲けることを十三郎は潔《いさぎよ》しとしない。あくまでも自分の力のみで得た金により、道場を再建する。そうすることが、この土方をはじめとする生前の弟子たちに裏切られた隼之助への回向《えこう》であり、何よりの恩返しだと思い定めてもいた。それに、こうして確たる目的さえ持っていれば、自分は清廉潔白な武士としての生き方を続けられる。

嫁を取れ、所帯を構えろといった雑音に煩わされず、呪わしい異人の血を自分の代限りで絶ってしまうことも、自ずと可能になるだろう。

剣術指南と用心棒の報酬だけで事を成すことが叶うのは恐らく、早くても十三郎が六十を過ぎる頃になる見込みだった。そんな齢になってしまえば誰も嫁取りの心配などしないだろうし、独り身のまま自然に果てたとしても、不自然には思われるまい。

然るべき跡継ぎたり得る、若い兵法者を養子に迎えて自分は隠居し、心静かに死に行く日を待つ。十三郎は、そんな一生を終えたいと願っていた。

「時に、十三」

土方が話を向けてきた。凍てつく床板に立ちっ放しだと冷えるらしく、しきりに足踏みをしている。

「何でござりましょう」

「稽古の前にな、そちにたっての話がある。せっかく支度を整えたところで済まぬが、儂の部屋まで来てもらおうかの」

「承知仕りました」

防具など着けず、素面素小手《すめんすごて》で素振りをしていただけである。急に稽古を中断しろと言われたところで、大して片付けに手間がかかるわけでもない。

神前に拝礼し、二人は道場を後にする。

土方が直々に案内してくれたのは、奥の座敷だった。

内輪の客のみが招じ入れられる座敷は塵《ちり》ひとつ無く、きれいに掃き浄められている。

「さ」

「失礼いたしまする」

廊下に跪《ひざまず》いて一礼した十三郎は、土方の下座に就く。

この部屋に通されたのは、昨年に恩師の隼之助が亡くなったとき、後任の指南役として挨拶《あいさつ》に出向いてきて以来のことだった。あらかじめ支度を命じておいたらしく、火鉢の五徳には鉄瓶が掛《か》けられていた。

「冷えたであろう」

労《ねぎら》いの言葉を与えながら、土方は手ずから茶を淹《い》れてくれた。

余人が目の当たりにすれば、さぞかし驚くことだろう。

長崎奉行は、凡百の奉行職とは訳が違う。何しろ、就任することは幕閣入りへの最短距離と言われているのだ。オランダのみならず唐土との私貿易まで管掌する立場だけに、当然ながら折に触れての付け届けには事欠かない。これほど実入りのある公職は、他には類を見なかった。

通例として、長崎奉行には一千石の旗本が任命される。千石取りの身となれば、在任期間中に支給される年間四千四百二俵一斗の役料などは取るに足らないものであろう。

にもかかわらず、大身旗本がこぞって長崎奉行の職を得ようと狙っているのは、ひとたび現地へ赴きさえすれば、自ずと何万両もの賄賂《まいない》を得ることが可能だからだ。

年明け早々に長崎への赴任が決まっている土方は、同格の旗本たちの中でも抜きん出た出世頭なのである。それが一介の素浪人に手ずから茶を淹れてやるとは、まったく信じ難い光景だった。

土方はふたつの碗に手際よく煎茶を注ぎ分けていく。

「頂戴いたします」

厳《おごそ》かに、十三郎は茶碗を取る。

立ち上る湯気が頰に心地よい。両の掌《てのひら》と顔の先から全身が温められていくような気分である。

しかし、すぐさま口を付けようとはしない。

「そちは相変わらず、折り目正しいのう」

微笑むと、土方は自分の碗を引き寄せる。

一口啜《すす》るのを見届けて、十三郎はようやく茶碗に口を付けた。

先に喫《きっ》し終えた土方は、そっと火箸《ひばし》を握る。乾いた空気の中、ぱちぱちと炭の爆《は》ぜる音が心地よく響いた。

十三郎は空になった茶碗を置いた。常と変わらぬ落ち着き払った所作である。

「時に十三。明日より、長崎へ参ってはくれぬか」

「は!?」

土方に一言告げられたとたん、十三郎の端整な横顔がたちまち強張った。

「な、長崎へ……」

「左様。そちを措《お》いて他の者にはゆめゆめ果たせぬ大事と心得てもらおう」

土方の言葉は、有無を言わせぬ響きを孕《はら》んでいた。

「土方様……」

十三郎は、ようやく言葉を絞り出す。

「じつは本日、某《それがし》は土方様に長崎のことをお伺いしたく思うておりました」

「何と？」

不思議そうに問い返す土方に、十三郎は続けて言上する。

「昨夜、久方ぶりに夢を見ました」

「夢とな」

「恥ずかしながら、某が異人どもに追われて責め苛まれる、悪夢にございます」

「ああ」

合点が行った様子で土方は言った。

「あれはたしか、隼之助に引き取られたばかりの折のことであったな？」

「はい……」

「小野派一刀流の手練《てだれ》となりし、今のそちの腕を以《もっ》てしても太刀打ちできなんだか」

恥じ入る十三郎に土方は優しく告げる。

「されば、虫の知らせというものやもしれぬの」

「虫の、知らせ？」

「左様。儂とて、夢見に詳しいわけではないが……人は為さねばならぬと思うておっても為し得ぬことを、往々にして夢に見るというからのう」

「されば、某は」

「己が出生の地と、向き合わねばならぬ。そちの心の内に、かかる想いが生じておるのではないかな」

土方の言葉は正論だが残酷である。しかも行く先が長崎となれば、尚更のことだった。

「……そうは思いたくもありませぬ。某は、故郷を捨てて参った身にございますれば」

と、片頰を引きつらせて十三郎は言った。

「むろん、気が進まぬであろうことは承知の上じゃ」

土方は、淡々と言葉を続けた。

「長崎はそちが実の父御、松平康英《まつだいらやすひで》殿がご最期を遂《と》げられた地なのだからの」

十七年前、文化《ぶんか》五年（一八〇八）のことである。

イギリスの軍艦が長崎港へ強行突入し、オランダ商館員を人質に薪水《しんすい》を略奪したフェートン号事件の責を取り、切腹した長崎奉行がいた。

その名を、松平康英という。十三郎は康英と長崎の芸者との間に生まれた、隠し子だった。

「十三」

押し黙ったままの十三郎に、土方は静かな口調で問うた。

「そちは、まだ父御を恨んでいるのか」

「……」

十三郎は目を伏せる。

切れ長の双眸には、怒りの色が満ちていた。実の父が進退きわまって腹を切り、無念の最期を遂げた地であるがために、十三郎は長崎へ行けという土方の命令に動揺を示したわけではない。

長崎という土地そのものに、苦い思い出があるのだ。

自分は決して、祝福されて生まれた子ではない。十三郎は、そう思っていた。

康英は二十五歳のとき、家督を継ぐ前に長崎へ遊学したことがある。

当時、オランダ渡りの最新の知識や科学技術を身分の高い武士が学ぶことは「蘭癖《らんぺき》」と揶揄《やゆ》されており、好ましくないと見なす向きもあったが、薩摩《さつま》藩の島津重豪《しまづしげさと》や肥前《ひぜん》唐津藩の松浦清《まつらきよし》（静山《せいざん》）のように一国の大名の身でありながら蘭学を好み、世に「蘭癖大名」と呼ばれた傑物も数多い。徳川将軍直属の家臣たる旗本・御家人にもオランダの学問に興味を示し、自ら長崎の地で学ぼうという者は少なくなかった。

長崎の土を踏んだ松平康英は、白菊《しらぎく》の名で丸山《まるやま》遊廓の座敷に出ていた母・きくに一目惚れしたのだ。きくが十三郎を産んだのは、初めて枕を交わした十月十日後、寛政《かんせい》五年（一七九三）のことだった。

すでに江戸へ帰っていた康英だが、愛した女をそのまま放っておいたわけではない。白菊ことさくの懐妊を知るや、妓楼《ぎろう》へ金を送って身請けすると共に、長崎の町の一隅に仕舞屋を用意させ、母子二人の暮らしが立つようにと月々の費《つい》えまで送金してくれた。

しかし、それは己が身の将来を守るためのことだったとしか、十三郎には思えない。

十三郎の物心が付いてきた頃、母は病床に伏した。

たとえ母の言いつけに背いてでも父を長崎へ呼び出し、夫婦の対面を果たさせてやりたい。懸命に諸方を聞き回り、拒む妓楼の女将からついに実の父親の素性を聞き出した十三郎は、思いのたけを込めた手紙を江戸へ送った。にもかかわらず、ついに康英が長崎を訪れることはなかったのである。

幼い十三郎は顔も知らぬ父をひたすらに恨みながら、母の看病に努めた。

文化四年（一八〇七）、康英が奉行として長崎へ赴任してくると決まった。もうすぐ元服の十五歳となり、大人として物事を判じることができるようになっていた十三郎が父と対面し、積年の怒りをぶつけようと息巻いたのも当然だろう。ところが康英はあらかじめ手を廻し、親友である江戸の剣客・鏡隼之助との養子縁組をお膳立てしていた。

長崎まで足を運んできた隼之助は有無を言わせず、十三郎を江戸へ連れて行った。

後ろ髪引かれる想いでいながら長崎を離れたのは、病床の母に、

『江戸で一心に修行し、お父上のような立派な武士におなりなさい』

と勧められたからだった。

そして十三郎は行き違いになった父との対面を許されぬままに元服し、養子であると同時に内弟子として激烈な修行を課せられたのだ。

今は処分されて跡形もない鏡道場に十三郎が住み暮らし、果てしなく続く稽古と雑用で目が回るような毎日にも慣れ始めたのと、フェートン号事件が出来《しゅったい》した三日後に康英が自刃して果て、知らせを聞いたきくの病状が悪化して後を追うように逝《い》ったのは、ちょうど同じ頃のことであった。

以来、十三郎は鏡家の養嗣子《ようしし》として生きてきた。養父の隼之助は早くに妻に先立たれ、

実子がいなかった。十三郎は養父に孝養を尽くし、唯一の縁者として看取《みと》りもしたのである。

鏡姓を継いだ以上、康英にはもはや一片の親しみも感じてはいない。康英が自刃したことで松平の家名存続は許され、嗣子が後を継いでいるはずだが、関心すら抱いてはいなかった。

同じ父を持つ身でありながら、浪々の身の自分とは比べるべくもない、旗本の御曹司として生きる場を与えられた者のことなどを思えば、自ずと妬心《としん》も生じる。十三郎とて隠し子と名乗り出れば、相応の扱いもしてもらえるだろう。だが、それは母を捨てた男の権威に媚《こ》びることになる。

十三郎は過去を一切封印し、自分は日の当たる道を歩くべき身ではないとも考えていた。

父とその一族に対しては、何の恩義も感じてはいない。しかし、土方勝政は違う。道場の再建を支援してくれている恩人であり、亡き師の親友なのだ。そのたっての願いを拒絶するのは、ためらわれることだった。

逡巡《しゅんじゅん》する心の内を見透かしたかのように、土方は畳みかける。

「承知してくれるな、十三?」

口調こそ穏やかなものだったが、変わらず、有無を言わせぬ響きを孕《はら》んでいた。

「して御前、私に長崎へ赴き何をせよとお命じになられるのですか？」

「うむ……」

一転して、土方は口ごもった。

重苦しい沈黙が続いた。

座敷は明るい陽光に照らされている。にもかかわらず、土方の横顔には翳《かげ》が差したままだった。

「……十三よ。これだけは申し伝えておこう」

「は」

「長崎の地より、生きて戻るはできぬやもしれぬ。まずはそう心得よ」

「何と申されます!?」

「こたび、そちに人知れず果たしてもらいたいのは柳営のみならず、この日の本の浮沈に関わる一大事じゃ」

それほどの大事を解決するために、なぜ一介の素浪人に過ぎない自分が、それも一命を賭《と》して出向かなくてはならないのか。

「そち以外の者には任すことの叶わぬ密命。斯様にのみ心得て、子細は長崎に着きし後に高橋殿の指示を仰ぐのじゃ」

土方はそれ以上のことを教えてはくれなかった。

どうあっても今、この場で子細を明かしてくれる気配はなかった。

日の本の浮沈に関わる密命とはどういうことか。

この自分が、異人の血を引く鏡十三郎という男が、外国との交流を断絶した徳川の天下のため、そして国のために人知れず働けと命じられたのである。思えば、これほど痛快な話はまたとないだろう。

沈黙していた十三郎の顔に、不敵な笑みが浮かんできた。

たしかに長崎は行きたくもない、忌まわしい地である。しかし、そこには幕府の手の者では解決できないという、大仕事が待っているのだ。

ここで退くは、男子一生の恥。

「……土方様」

昂《たかぶ》りを覚えつつ、十三郎は口を開いた。

「こたびの使命を果たせし上は、某《それがし》の願いをひとつ、お聞き届けいただけまするか？」

「何なりと、申すが良い」

「畏《おそ》れながら長崎奉行はお役目柄、何かと実入りが多いとの由。されば、鏡道場が再建のために土方様と高橋様のご両名より、資金《もとで》を頂戴致しとう存じます」

「そう参ったか」

土方は、思わず苦笑を漏らす。

「ま、良かろう。高橋殿と相計りて、そちが満足の行くように取り計らおうぞ」

「有難きことにございます」

十三郎は礼を述べた。

「分かっておろうがな、十三……」

表情は変わらず穏やかながら、口調が厳しくなった。

「すべては事を終えた上での話じゃ。それだけは、よっく肝に銘じておけ」

「……承知仕りました」

十三郎は、謹厳な面持ちで頷き返した。

ほっとした様子で、土方は相好を崩す。

「されば、そちに引き合わせたい者が居《お》る」

土方はぽんぽんと手を打つ。

「入って参れ」

軽やかな音と共に襖《ふすま》が開かれる。

あらかじめ、次の間に控えさせていたのであろう。

敷居際に端座していたのは、実直そうな相貌の武士だった。

年齢は、十三郎と同じぐらいだろうか。身の丈も、さほど変わらない。十三郎とは違って顔立ちはごく地味であり、目立たない風貌をしているが、くりっとした目に愛敬《あいきょう》がある。

茶無地の綿入れに馬乗り袴《ばかま》を着け、打裂羽織《ぶっさき》を重ねている。

それは、武士が旅をするときの装いだった。

「田野辺聞多と申す。長崎奉行所にて高橋殿の下役《したやく》、この江戸で言うところの町方同心を務めておる者じゃ」

「同心……」

「左様。そちを迎えに参ったのだ」

長崎では奉行配下の同心を下役、与力を給人《きゅうにん》と呼ぶ。

給人は定員十騎、下役は十五人。

現地の事情に精通した、治安維持の最前線に立つ精鋭たちであった。

こうして町同心が派遣されてきたということは、この密命は長崎市中での事件に関わることなのだろうか。

「よしなにお頼み致す、鏡殿」

十三郎の耳朶《じだ》を、明るい声が打つ。

田野辺聞多は心持ち広い口の端に、にこにこと笑みを浮かべている。

「こちらこそ」

十三郎は硬い面持ちのまま、目礼を返す。

どこかで会ったことがあるのではないか。十三郎はふと、そう感じた。

対する聞多とて、親しげな言葉ひとつ返してきたわけではない。ただ、愛想良く笑顔を浮かべているだけなのである。

「されば、十三」

二人が挨拶を交わしたところで、土方が言った。

「しばしの別れとなれば、今日の稽古は念入りに願えるかの」

「は」

否も応もなく、十三郎は頭を下げる。

もともと、今日は土方への指南のために出向いてきたのだ。

道具を抱える十三郎を尻目に、土方は聞多へ視線を向けた。

「田野辺も同席せえ。華のお江戸の剣術というものを、とくと見て参るが良いぞ」

「有難く、見取り稽古をさせていただきまする」

答えた聞多は、すっと立ち上がった。

四

二人の稽古が始まった。

小野派一刀流には、計百七十本の大太刀の技がある。

大太刀といえば刃長三尺(約九〇センチメートル)を超える、南北朝～戦国時代の合戦場で実用に供された長尺の太刀のことだが、当流派で言うところの大太刀とは定寸の刀のことを指す。

武士が帯びる大小二刀を、大太刀・小太刀と呼んでいるわけである。

これから十三郎を相手に土方が取り組もうとしているのは、所定の動きをなぞって攻守双方が木刀を交える組太刀の稽古だ。

組太刀は、技を最初に仕掛ける打太刀《うちだち》と、その攻めを凌《しの》いだ上で反撃の一刀を浴びせる仕太刀《しだち》に分かれて行われる。同格であれば技倆の優れた者、師弟であれば師匠が仕太刀を務めるのだが、十三郎は抱えの指南役として打太刀となるのが常だった。

「参る」

と言って土方は木刀を構えた。

十三郎は、例の鹿革を縫い合わせた防具を両の腕に着けている。

代わる代わる木刀を振るい、二人は互いの技を巧みに受けては流していく。

二人が演武する組太刀の形は一本ごとにまったく異なるものだったが、仕太刀の土方が最後に打ってくるのを上段に振りかぶった十三郎が小手で受け止める点だけは、どの形もことごとく共通していた。

一本の形を終えるたびに、頑丈な鹿革を打つ乾いた音が道場内に響き渡る。

この防具を指して鬼小手と呼ぶ。すべての敵を最後に脳天から斬り割り、とどめを刺すことを想定した小野派一刀流に独特の防具だった。

いかに頑丈な面を作らせたとしても、技の形通りに木刀を脳天に打ち込めば、まず無事では済まない。鬼小手を着けた両の腕を脳天と見立て、技のしめくくりに上段から小手を打つことにより、脳天への一撃に替えているのだ。

「田野辺」

ひとしきり汗をかいたところで、土方は聞多を呼んだ。

「何にございましょう、お奉行」

脇に控えて正座したまま、二人の演武を見学していた聞多が歩み寄ってくる。

「まずは、お汗を」

「済まぬの」

差し出された手ぬぐいを受け取りながら、土方はさらりと命じる。

「そなたの実力の程が知りたい。ひとつ、十三郎と立ち合《お》うてはくれぬかな？」

「ご冗談を申されますな」

聞多は、如才《じよさい》なく言葉を返す。

「手前は鏡殿をお迎えに参ったのみの、軽輩にござる」

「それは違うぞ」

土方は重ねて告げた。

「そなたには十三郎と共に、こたびの御用を果たしてもらわねばならぬ。高橋殿より斯様に聞いておるはずだが」

「左様でしたか！」

驚きの声を上げた聞多は、続けて言上した。

「畏《おそ》れながら、それればかりはご容赦《ようしや》願い上げまする」

「何と申すか、田野辺」

しかし、土方は執拗《しつよう》だった。

「十三郎の腕の程は重々承知の上だが、そなたの技倆がどれほどのものかはまだ見届けてはおらぬ。否やは許さぬぞ」

「やむを得ませんなあ……」

聞多は、困惑しながら十三郎へと視線を向けた。

「されば拙者にも木刀を一振りご用意いただこうかの、鏡氏《うじ》」

「む……」

十三郎の端整な横顔に、幽《かす》かな動揺が走った。

土方が立ち合えと命じたのは、むろん竹刀《しない》を用いてのことである。ところが聞多は、それが当然であるかのように木刀を求めている。

この男、真剣勝負に等しい形で試合《しあ》おうという積もりなのだろうか――

十三郎の頬を、一筋の汗が伝って流れた。

「お奉行のご所望とあれば、致し方あるまい。まったく宮仕えとは辛《つら》いものじゃ」

心から困り抜いた様子で、聞多は十三郎に向かってぼやいた。

「待て待て」

土方が歩み出てきた。

「さすがに木刀でというわけには参るまい。あれなる竹刀を遣うがよかろう」

と指差す先に、竹刀と防具が整然と並んでいた。

若い家士たちは、剣術といえば撃剣しか知らない。十三郎のように昔ながらの木刀を用いての稽古を常とする者のほうが今日びは少数派なのだ。

「これが竹刀にござるか……」

どうやら、聞多は初めて目にするらしい。

「早うなされ、田野辺殿。防具をご所望ならば、某のものをお貸し致そう」

十三郎は自前の木刀を鬼小手ともども道場の隅に置き、竹刀を手にしていた。

「防具など無用にござるよ。されど竹刀には猶予《ねご》を願うて慣れさせていただきたいな」

おどけた様子で首をすくめながら、聞多は道場の中央へ歩み出た。

握っているのは十三郎と同じく、三尺三寸（約九九センチメートル）物である。後世の剣道では三尺九寸（約一一七センチメートル）、通称「三九《サンク》」と規定されている竹刀だが、文政八年現在の剣術界では長さがまだ統一されていない。

土方勝政が自邸の道場に備え付けさせている三尺三寸物は、小柄な者にも大柄な者にも扱いやすい長さのはずだが、どうやら聞多にはしっくり来ない様子だった。

「ふむ」

首を傾げつつ、二度、三度と素振りを繰り返す。

物打から先に、両の肩を軸にして振り下ろす剣術の基礎は、さすがに出来ている。

しかし、いかにも振りが軽かった。冷え込む道場に小半刻も座し、土方と十三郎の稽古を見学していたのだから、まだ四肢が強張っていたとしても無理はない。

それにしても、余りにも粗略な振り方だった。

「軽うござるな」

一言つぶやくと、聞多は十三郎に向き直った。

「されば参ろうか、鏡氏」

これから一緒に遊びにでも出かけるような、軽い物言いである。

「……」

無言のまま、十三郎は竹刀を左腰に取る。

作法通りに、二人は道場の中央で向き合った。

「小野派一刀流、鏡十三郎」

厳《いかめ》しく名乗りを上げる十三郎に、聞多は苦笑まじりに応じた。

「斯様に仰々しく。流名までなさらずとも良かろうに……のう?」

「田野辺！」

すかさず、土方の一喝が飛ぶ。

「ははっ。されば、仰せの通りに」

恐縮した体《てい》で、聞多は改めて名乗りを上げた。

「タイ捨流、田野辺聞多」

十三郎は竹刀を八双に構えながら目を剝いた。

どう見ても剣の手練《てだれ》とは思えぬ相手が、まさか乱世に恐れられた名流の遣い手であったとは、想像だにしていなかった。

タイ捨流は肥後《ひご》国に発祥し、九州一円に伝わる剣術流派である。開祖の丸目蔵人佐長恵《まるめくらんどのすけながよし》は天文《てんぶん》九年（一五四〇）、肥後に勢力圏を築いた戦国武将・相良《さがら》家の家臣の子に生まれた。

新陰《しんかげ》流開祖にして戦国乱世の剣聖・上泉伊勢守信綱《かみいずみいせのかみのぶつな》に師事し、かの柳生但馬守宗厳《やぎゅうたじまのかみむねよし》らと共に新陰流四天王と謳《うた》われた蔵人佐は、足利《あしかが》幕府の十三代将軍・義輝《よしてる》公への兵法上覧まで務めたという。

十三郎が知り得ていたのは、そこまでである。

まして、タイ捨流の剣技の実態については、知る由もなかった。

「鏡氏、ご遠慮のう参られよ」

一声告げるや、聞多は竹刀を中段に取った。

何とも無造作な構えである。左の足は、完全な閂《かんぬき》になっていた。足を正面に対して平行に踏み締める閂は、道場剣術では最も嫌われる足捌《さば》きだ。

（やはり、戦場介者ということか）

十三郎が覚えたのは、侮蔑の念などではない。逆に、慄然《りつぜん》としていたのだ。未だかつて十三郎は戦場介者、または介者剣術と呼ばれる乱世の徒歩《かち》武者が合戦場で行使した剣技の遣い手とは相まみえたことがなかった。

聞多の双眸は殺気を帯びていた。愛敬のある瞳も、不気味に沈み渡っている。

たしかに実戦剣の術者であれば、立ち合いを所望されたときに当然木刀を遣うものと勘違いしたり、凄《すご》みに満ちた目付をしても不思議ではないだろう。

いかにして、制すれば良いのか。

攻守一致の八双に構えたままで、十三郎が真剣に策を巡らせ始めたとき――

「参り申した」

聞多はすっと竹刀を下ろした。

「いかが致した、田野辺？」

問いかける土方に向かって、申し訳なさそうに頭を掻いてみせる。

「到底、某の及ぶところではありませぬ。ご容赦くだされ」

「何と」

土方が絶句した。

戦国乱世の実戦剣として名を知られたタイ捨流を会得しているはずの男が、一合《いちごう》も竹刀を交えることなく降参するとは、想像だにしていなかったのだ。

「……まぁ、良い」

口に上《のぼ》せかけた言葉を、土方はそっと飲み込む。

竹刀を納めた両者は礼を交わし、板の間にかしこまった。

そこに歩み寄ってきた土方は、十三郎に切実な眼差しを向ける。

「よしなに頼むぞ、十三」

「は」

厳かに答える十三郎の隣に、聞多は涼しい顔で座していた。

一瞬覚えた殺気は、やはり自分の買いかぶりだったのだろうか。十三郎はそう思った。

五

四半刻（約三十分）後。

土方邸の潜り戸を開けて、二人は表へ出た。

大路を行く十三郎の頭上では昼下がりの空が雲ひとつ無く、明るく晴れ渡っている。

「さて、と……」

深呼吸をした聞多が、おもむろに言った。

「お偉方の付き合いは疲れるぜ」

「何と申す？」

我が耳を疑う十三郎に、聞多は続けて言った。

「ひとつ、日が暮れるのを待って吉原へ繰り込もうか。すまぬが、案内《あない》を頼めぬかな」

いきなり遊所への案内を乞うとは、何を考えているのか。しかも、口調までが一変している。

「どのみち出立は明朝で良いのだ。近付きのしるしに息抜きをしよう。な？」

「……」

十三郎はむっつりと押し黙った。

聞多の豹変振りにも増して、軽薄さに呆《あき》れているのだ。

「夜は吉原と決まれば、日が暮れる前に一仕事済まさねばなるまい」

と、聞多は十三郎に向き直る。

「すまぬが、桂庵《けいあん》へ案内してもらおうか」

「桂庵？」

「そうか、江戸では口入屋《くちいれや》と申すそうだな」

「それは構わぬが、何を致すのだ」

「察しが悪いなぁ、そなた」

今度は、聞多のほうが呆れた様子で言った。

「儂《わし》も軽輩とはいえ、武士の身なのだ。これより東海道中を経て帰参するには、供の者が入り用なのよ」

そういえば、聞多は一人の供も連れてはいない。

公務での外出となれば遠近の別を問わず、挟箱《はさみばこ》を担がせた中間《ちゅうげん》を伴うのが当たり前のはずである。

急ぎ旅で江戸まで馳せ参じたにしても、何故に供揃えを整えてはいないのか。

「ま、平素より中間を抱えておれば連れ参るところなのだがな、無駄な費えを割くために雇うてはおらぬのよ」

苦笑まじりに、聞多が言った。

「……………」

「しかし、長崎奉行所の下役として客人をお連れしての道中となれば、供の一人も居《お》らぬようでは些《いささ》か具合が悪い。それに、奉行所の連中に江戸みやげを持ち帰るための運び手も要るからなぁ」

重ねて苦笑する聞多をよそに、十三郎は歩き出す。

この田野辺聞多という男は、どうやら成り行き任せの手合いであるらしい。

十三郎が、最も嫌う質と言えるだろう。

向かった先は、両国《りょうごく》の島田《しまだ》屋という口入屋だった。

蔵前で働く雇われ人足たちと親しい十三郎は、彼らを札差に仲介する口入屋にも気脈を通じている。島田屋文蔵《ぶんぞう》は若いながらも力仕事を求めてくる荒くれ者たちをよく束《たば》ねて、雇う側にも雇われる側にも評判の良いやり手である。

吝《しわ》い屋の長崎同心に良き店を紹介するのは業腹だが、意に染まない相手にこそ、殊更《ことさら》に良くしてやるのが人徳というものだと十三郎は心得ていた。

「御免」

暖簾を分けて入ったとたん、

「とっととお帰り！」

文蔵の甲高《かんだか》い声が広い土間に響き渡った。

怒鳴りつけられたのは、二十代半ばと思《おぼ》しき若者だ。鼻が高くきつそうな顔立ちだが、黒目がちの双眸が柔和である。身の丈は、十三郎たちよりも頭ひとつ低い。

「おきやがれ」

不敵に微笑むあたりが、また文蔵の気に障《さわ》ったらしい。

「お前さんに向いた話なんざありゃしないよ。この穀潰《ごく》しが！」

「この浜吉《はまきち》兄さんが穀潰したぁ、よく言ってくれたもんだな。十五で故郷《くに》を後にするまで村一番の稲刈り上手、ついでに夜這いも一の達者だってぇ評判を取った俺だぜ。島田屋の旦那ともあろうお人が、とんだお眼鏡《めがね》違いをしていなさる。ご自慢の阿蘭陀《おらんだ》眼鏡も、そろそろ買い換えなすったほうがいい頃合いなんじゃねぇのかい？」

近視の文蔵は眼鏡が手放せない身だった。

「お黙りっ」

腕こきの口入れ稼業を営んでいる文蔵も、一向に口の減らない若者にはどうにもお手上げのようだった。

ここはひとつ、時の氏神になるべき局面だろう。

「いかが致した、文蔵」

十三郎が声をかけるや、浜吉という若者はさっと身を引いた。

無鉄砲そうでも他の客、それも武士が現れたとなれば気を遣わなくてはならないと心得てはいるらしい。十三郎はこういう若者が嫌いではなかった。

「なかなか覇気があるの。おぬしが手を焼くのも、無理はあるまい」

「はぁ」

文蔵はうなずき、まるっこい鼻からずり落ちかけた丸眼鏡を外して手ぬぐいで拭いている。

気が落ち着くのを待って、十三郎は言った。

「あぶれておるようであれば、雇うても構わぬかな？」

「お止しなさいまし、鏡様……」

眼鏡を掛け直した文蔵は、十三郎の耳元でささやく。

「お聞きの通り、上州育ちの浜吉って渡り中間なんですがね、どうにも手癖が悪くっていけません。ついこの前も加賀《かが》様の御屋敷で金細工をくすねて売っ払っちまって、お手討ちになりかけたのを何とか下げ渡してもらってきたって申し上げりゃ、どんな野郎かお察しも付かれることでしょう」

「てやんでぇ！」

聞き咎《とが》めた浜吉は、ずけずけと言い放った。

「俺様ぁな、すっぱり生き胴を試されても構わねぇ覚悟で盗《と》ったのよ。何もお前さんに命乞いをしてくれなんて頼んじゃいねぇぜ……」

相当に向こう意気が強いらしい。

しかし、命の恩人に感謝しないばかりか、悪罵《あくば》を浴びせるとは頂けない。

「おぬし」

気色《けしき》ばんで十三郎が歩み寄りかけたとき、おもむろに聞多が身を乗り出す。

「そう悪《あ》しざまに申すでない、男が下がるぞ」

「何ですかい、お侍さん」

怪訝《けげん》そうに見返す浜吉を、聞多はつくづくと眺め、

「成る程、村一番の稲刈り上手と申したのは偽りではなさそうだな。腰が、よく据わっておるわい。長旅にも十分に耐えられそうだぜ」

ひょいと手を伸ばして腰を叩く。

「何すんでぇ⁉」

「肉も締まっておるな。夜這い上手と言うのも空自慢《からじまん》ではあるまい。されど、この儂も女殺しでは人後《じんご》に落ちぬぜぇ」

「ほんとですかい？」

浜吉は疑わしそうに問い返す。

「無論」

聞多は、自信満々で即答した。

「およそ長崎の花街で、この田野辺聞多の名を知らぬ者はもぐりだよ」

「ながさき、ってぇと、箱根《はこね》の先の……」

「もっと先だよ。京より山陽道を経て馬関《ばかん》の海峡を渡った先の九州に在《あ》る、まっこと風光明媚《ふうこうめいび》な地じゃ」

「へぇ……それで田野辺の旦那は、そんな遠くから何の御用で江戸までお出でになられたんですかい？」

感心した様子で浜吉が問うてきた機を逃さず、聞多は言った。

「長崎のお奉行様より承《うけたまわ》りし大事なお役目、とのみ答えておこう。ためにおぬしのような威勢の良い若い衆を一人、中間として雇いたいと思っていたのだ」

と、文蔵を見やる。

「構わねぇかい、眼鏡の亭主どん」

「はぁ」

文蔵は、狐に摘《つま》まれたような面持ちのままでいた。

何を好きこのんで、窃盗癖で手討ちになりかけたような若者を雇おうというのか。

そう言いたげな文蔵をよそに、聞多は懐中に手を入れた。

「まずはこれだけ、手付け代わりに渡しておこうか」

浜吉が握らされたのは、二枚の一分銀だった。

中間より上位の武家奉公人の若党が年給三両一分だから、浜吉にとっては大金のはずであった。それを無造作に握らされたとなれば、たちまち心を捉《とら》えられてしまったのも無理はない。

「……こんなにもらっちまって、いいんですか」

「構わぬさ。ま、月当たりの給金もこんなもんだと思ってくれればいい」

「そいつぁ豪気なもんだ……。で旦那、あっしは何をすりゃいいんですかい」

「長崎まで、儂の供をしてもらう。ま、さっくりと申さば荷物持ちだな」

「京の都のずっと向こうまで、挟箱を担いでいけってんですか？　そいつぁ無理だ」

「ならば今宵、吉原へ案内致そう」

「え⁉」

「あちらに着いたら丸山遊廓にも連れて行ってやろう。長崎の女は、まっこと佳《よ》いぞ」

「……いいでしょう。お供しやすよ」

「左様か」

微笑む聞多の横顔を、十三郎は半ば感心し、そして半ば呆れて見やった。

六

江戸の夜が更けてゆく。

浅草の煮売屋で軽く飯を済ませた聞多と十三郎は一路、吉原へ向かった。

ちゃっかりと、浜吉もくっついてきている。

三人が採ったのは浅草寺《せんそうじ》の裏手を辿《たど》る、吉原通いには最も遠回りの陸路であった。

「辻駕籠は止そうや。江戸者でないと見くびられ、法外な酒手《さかて》をせびられては堪《たま》らぬからなぁ。何、そなたが懇意の船宿《ふなやど》で猪牙《ちょき》を雇えば良い？　それも悪くはなかろうが、余りに早く着きすぎては、風情も何もあったものではあるまいよ」

何だかんだと聞多に説き伏せられ、吉原田圃《たんぼ》を踏み越えていくことになったのだ。

三人の行く手に、瞬《また》く明かりが見えてくる。不夜城とも呼ばれる吉原の紅灯《こうとう》ではない。田圃に面した鷲《おおとり》明神で折しも催されていた酉《とり》の市の賑《にぎ》わいだった。

「下らねぇ……作り物の熊手ひとつにあたら大枚をはたいて、何が益になるものか」

「それを言っちまっちゃ、野暮《やぼ》ってもんですぜ」

「構わんさ」

「まったく、旦那は吝い屋なのか気前がいいのか、分からねぇお人だね。あっしなんぞにぽんと二分も寄越したと思ったら、駕籠かきへの酒手どころか熊手の祝儀《しゅうぎ》まで惜《お》しむとはねぇ……」

「何とでも申せ。儂はな、生きた金の使い道しかせぬのが身上なんだよ」

「へへぇ。お見それしやした」

呑気《のんき》に言葉を交わす聞多と浜吉をよそに、十三郎は先刻から押し黙っていた。

明日は長崎へ出立せねばならないというのに、のんびりと遊んでなどいられるものではない。しかし、これが江戸で最後の夜になるかもしれないと思えば、堅物の十三郎にしても白粉《おしろい》の匂いが恋しくなる。これもまた、無理からぬことであった。

「案じるな、鏡」

聞多は、なれなれしく肩を叩く。

「そなたの花代《はなだい》は、近付きのしるしに儂が持たせてもらうぜ。だから、斯様なしかめっ面《つら》をするのは止せよ。な？」

「放っておいてくれ」

腕を払いながら、十三郎は憮然とした。

「己《おの》がための費えは何であれ、すべて自腹を切るものと心得ておる」

「堅いなぁ」

思わず呆れる聞多に、

「そなたこそ御府内も出ぬうちに、土方様から頂戴した餞別《せんべつ》を残らず散じてしまわぬよう気を付けよ。あれは我ら両名のためご用意下さったのだからな」

と、十三郎は釘を刺す。

「分かった、分かった」

ぼやく聞多の視線が、ふと泳いだ。

誰かが、前方から歩み寄ってくるのに気付いたのだ。

「何者か」

「怪しいもんじゃありませんよ」

誰何《すいか》した十三郎に返ってきたのは、艶《つや》やかな女の声だった。

月明かりの下に、その姿が浮かび上がる。

背が高い。優に、五尺三寸（約一五九センチメートル）はあるだろう。これ以上の上背があれば大女呼ばわりされかねないところだが、長身の十三郎や聞多と並べればちょうど釣り合いが取れているともいえる。

夜目にも、胸乳《むなぢ》と腰の張りが目立つ。相貌も肉感的で頬がまるく、ぱっちりとした両の瞳が愛らしい。太り肉《じし》というほどではなく、全身が程よい量感に満ちている女だった。

「これからお楽しみですか、お兄さんがた？」

「左様。江戸表まで参っておいて吉原の紅灯を拝まずに帰ったとあっては、男子一生の恥というものだからの」

押し黙ったままでいる十三郎をよそに、聞多は愛想良く答えた。

「して、そなたは？」

「今日は早帰りですよ。吉原も、近頃はとんと景気が悪いもんでねぇ」

吉原と関わりがあり、出入りの自由な女性といえば仕出し屋か髪結い、そして妓楼お出入りの芸者以外にはいない。

しかし、どう見ても芸者ではない。

仇《あだ》な物言いに似つかわしくなく、装いはごく慎ましい。鮫小紋《さめこもん》の長着は古びてはいるが十分に高価な品と見受けられた。上に重ねた半纏《はんてん》は禁令で羽織の着用が許されない女たち向けの華美なものではなく、純粋に防寒用の、茶無地の地味なものであった。

じれった結びと俗に呼ばれる、切り前髪の伝法な髷《まげ》の結い方をしていてもまったく下品には見えない。むしろ髪を軽くすることで、目鼻立ちが一層映えている。

左手に提《さ》げているのは定斎屋《じょうさいや》（薬売り）が担いで歩く、薬簞笥《たんす》を小型にしたような木箱だった。

手提げの金具が付いた箱からは血と焼酎の臭いが幽かに漂ってくる。外見からは判じ難いが、もしや、この女人《にょにん》は医者ではないだろうか。

吉原のような色里では密かに医者を手配し、孕《はら》んだ遊女の子おろしをする。長崎の丸山遊廓に近い場所で生まれ育った十三郎はそういったことを幼い頃から見聞きしていた。

「そなた」

問いかけようとした十三郎に、ふっと女が微笑みかけてきた。

「いい男ですねぇ、お武家様」

並の男ならば、とろけそうな笑顔である。

事実、聞多も浜吉もすっかり参ってしまっているようだ。

無言のままでいる十三郎の後ろで、二人はしきりに言葉を交わしていた。

「何処《どこ》の女か、そなたは存じておるか？」

「知っていれば、今日まで綾《あや》を付けずに放っとくわけがねぇでしょうが？」

当人同士はひそひそ話をしているつもりでも、当の相手には筒抜けだったらしい。

「男衆《おとこし》ってのは、可愛いもんですねぇ」

と婉然《えんぜん》としたまま、女はつぶやく。

十三郎は、じっと見返したのみだった。

「あたしになびかない殿方ってのは、ほんとに久しぶりですよ」

女は口元を綻《ほころ》ばせたままで言った。

「でもね、もそっと肩の力をお抜きなすったほうがよろしいですよ。何につけてもね」

「何と申す？」

思わず気色ばんだ十三郎に、女は変わらず微笑みながら、

「……また近々、お目にかかれることでござんしょう。そのときには、もそっと愛想良くしてやっておくんなさいまし」

謎めいた一言を残して去っていく。

襟足の白さ、そして豊かな腰の張りが、夜目にも艶《つや》やかそのものだった。

「いい女だなぁ」

名残惜しげに振り返りつつ、聞多はしみじみとつぶやく。

「あんな上玉を拝んじまっちゃ、よほどの敵娼《あいかた》に出てきてもらわにゃ埒《らち》が明くまいよ」

鷲明神の喧噪《けんそう》が遠くなった頃、風に乗って三味の音が聞こえてきた。

吉原通いの客を迎えてくれる見世《みせ》清掻《すががき》だ。

「いい音だなぁ。丸山を思い出すぜ」

足を止めて聞き入っていた聞多が、ふっと溜め息を漏らした。

「さ、気を取り直して参ろう参ろう。いつまた会えるやも分からぬ菩薩《ぼさつ》様よりも、今宵《こよい》の弁天様を大事にしようぜ。な？」

「へいっ」

すかさず後を追う浜吉に続いて、十三郎もまた無言で歩き出すのだった。

七

金回りの良い町人が主役の吉原で、武士の客は往々にして嫌われる。まして浪人と小役人、渡り中間の取り合わせとなれば尚更のことだった。

もとより、聞多はそのあたりを承知していたらしい。渋い顔で出てきた引手茶屋《ひきてぢやや》の老亭主に、おもむろに胴巻きを広げて見せたのだ。

「これだけあれば、十分だろう」

「そなた……」

傍らで驚く十三郎に、聞多は涼しい顔でうそぶく。

「言っただろう？　生きた金には糸目を付けぬとな」

奉行所から支給された旅費が、これほど多額であるはずもない。

聞多はさりげなく、小声で言い添えるのだった。

「華のお江戸で思い切り散財して遊んでみたいと思えばこそ、儂はこのお役目を志願したのさ……」

程なく、酒宴が始まった。

「さすがは、華のお江戸の吉原だ。噂に聞いた通りの華やかさだぜ」

感心した声を上げながら、聞多は悠然と新造《しんぞう》（新人の遊女）の酌を受けている。

酒の度を過ごさず、色事をがつがつと焦ることもない。存外に、聞多は洒脱《しやだつ》な男であるらしい。

新造の手を握るような不作法をすることもなく、杯を傾けている。しかし、大人しく酒を飲んでいるばかりでは宴も盛り上がりに欠けるというものだ。聞多は頃合いというものを心得ていた。

「浜吉」

「へい?」

敵娼と談笑していた浜吉が振り向く。

「ここらで、座興にひと勝負と行こうぜ」

聞多はその場で袴《はかま》の紐《ひも》を解き始めた。

「このままでは、お前の分《ぶ》が悪いだろうからな。一枚まけておいてやろう」

「いいんですかい、旦那。人に情けをかけておいて、先にすっぽんぽんになっちまっても知りやせんぜぇ」

不敵な顔で、浜吉も立ち上がる。

この二人、負けるたびに着衣を一枚ずつ脱いでいく拳勝負をしようというのだ。聞多が先んじて一着脱いだのは、袴の着用が許されない素町人の浜吉を気遣ってのことである。

遊女たちに真似《まね》を強いれば助平な客と嫌われるのが落ちだろうが、男同士で楽しむのであれば、これは幇間《たいこもち》いらずの恰好のお座敷芸と言っていい。

「よっ」

「ほっ」

お互い、興じる様も堂に入っている。

やんやの喝采《かっさい》を受けながら、二人は勝負を繰り返した。楽しんでいるようでいても、お互いに目は真剣そのものである。

「勘弁してくだせぇよ、旦那ぁ」

哀れっぽい声を上げる浜吉は、すでに肌襦袢一枚になっていた。

「まだまだ。勝っても負けても、もう二番は付き合えよ」

聞多は袴を脱いだきりの着流し姿で、悠然と構えている。

「あと一枚でありんすよ！」

「ぬしさん、がんばって！」

女たちの嬌声が上がる中、十三郎は黙然と杯を傾けていた。

「如何致した、鏡ぃ」

酒器をぶら下げた聞多の陽気な声が響いた。

「ま、呑め」

ご機嫌で躙《にじ》り寄ってきた聞多に、十三郎は押し黙ったまま杯を差し出す。

「そなたは、つくづく堅い質だのぅ」

呆れたように見返されても、十三郎は渋面を崩さない。

「やれやれ」

ぼやきながらも聞多はめげることなく、重ねて告げてきた。

「華のお江戸に吉原があるように、長崎には丸山遊廓がある。その仏頂面《ぶっちょうづら》もほぐれずにはいられぬ桃源郷よ。ま、その前に東海道中で存分に楽しむとしようか。ははは……」

「……好きにせえ」

大笑する聞多から目を背けつつ、明日からの道中に一抹の不安を覚えずにはいられない十三郎だった。

第三章　冬の旅路

一

翌朝、十一月八日（陽暦十二月十七日）。長崎への道中が始まった。

江戸から長崎へ至るにはまず、東海道に踏み出すことになる。

日本橋《にほんばし》から京。

京から下関《しものせき》。

下関から船に乗り、小倉《こくら》へ。

さらに小倉から陸路を辿り、ようやく到着の運びとなるのだ。

何はともあれ、まずは日本橋から京へ至る東海道五十三次、およそ一二三里（約四九二キロメートル）を踏破しなくてはならない。

本来は起点となる日本橋を明七つ（午前四時）に発つところだが、聞多も今度ばかりは銭を惜しまず猪牙《ちょき》を雇い、大川（隅田川）を一気に下って品川まで行く方法を採った。御府外へ出る大木戸が設けられた品川は、東海道一番目の宿場に当たる。

書いて字の如く猪の牙に似た形の快速船での移動、それも下りとなれば、さほどの時はかからない。七つよりもだいぶ寝過ごした聞多と浜吉を待っての出発だったが、これで旅立ちの遅れも一気に取り戻せそうだった。

広い川面が、朝日にきらきらと耀《かがや》いている。

「良い気分だ」

聞多は、どこまでも上機嫌である。

「これで、二刻《ふたとき》は稼げたな」

船梁《ふなばり》に座した十三郎は塗笠《ぬりがさ》の下で、黙然とつぶやいた。

慎重な上にも慎重な態度は、旅立ちに浮かれることとも無縁だった。

ゆうべ尽くした酒色の名残《なごり》は、両名ともに跡形もなく消えている。浜吉も、疾《と》うに酔いは醒《さ》めていた。にもかかわらず、見るからに顔色が悪い。

理由は、程なく知れた。

「……担げるかなぁ」

不安そうにもたれかかっているのは、吉原大門を出た足で聞多に案内された旅籠《はたご》の部屋で待っていた、ずっしりと重たい挟箱だった。

猪牙から降りた三人は、まずは大木戸を抜ける。

「重いなぁ」

しきりにぼやく浜吉を連れて、聞多と十三郎は高輪《たかなわ》の大木戸前に出た。

平時とはいえ、屈強の番士たちが警護に就いている様が物々しい。

長崎奉行所下役・田野辺聞多。

江戸雇い中間・浜吉。

御府内浪士・鏡十三郎。

以上の扱いで一行は何の障《さわ》りもなく、木戸の通行を許された。

表向き、十三郎は諸国武者修行の身と偽《いつわ》っている。

仮にも江戸在勤の長崎奉行である土方勝政に剣術を指南する身となれば、堂々と名乗りを上げるべきなのかもしれない。しかし十三郎の道中の真の目的は幕府の手の者には成し得ぬという密命を果たすことであり、ゆめゆめ余人に知られてはならないものである。

だから十三郎は、できれば長崎になど行きたくないという本音も真面目な顔の下に隠し

つつ、

「刀取る身として九州はぜひとも足を延ばしたき地。お通し願いたい」

と申告したのだ。

「今日び、わざわざ武者修行で九州まで参るとは……」

「何とも酔狂な御仁だのう」

番士たちは大いに呆れ返っていたが、剣術遣いが九州を目指すことはさして不自然な振る舞いではなかった。日向国《ひゅうが》には室町《むろまち》の昔から念流《ねんりゅう》の念阿弥慈音《ねんなみじおん》、陰流《かげ》の愛洲移香斎久忠《あいすいこうさいひさただ》と幾人もの兵法家が参籠し、開眼して自流派を興した剣の聖地・断崖絶壁の鵜戸《うど》神宮がある。そして、隣の肥後《ひご》国は天下無双と謳われた宮本武蔵《みやもとむさし》の終焉の地だった。

「精々、隠密と間違われぬように気を付けてお出でなされ」

番士は真面目な顔でそう言って、念を押すのを忘れなかった。

江戸を遠く離れた九州諸藩は、未《いま》だ反幕府の風潮が強い。他国者の侵入を殊更に警戒し、ひとたび公儀隠密と見れば、人知れず密殺して闇に葬ることも辞さないとの風聞《ふうぶん》は、江戸表でもまことしやかに囁《ささや》かれていた。

「お気遣いの段、痛み入り申す」

如才《じょさい》なく答えながら、十三郎は大木戸を抜けていく。

先に改めを終えていた聞多と浜吉が、木戸の向こうで待っていてくれた。早くも、浜吉は足元がふらついている。

「休ませてくだせぇよ、田野辺の旦那……」

ゆうべは楽しませてもらったのも束の間、今や重い荷を担がされているのである。

「辛抱せえ」

羽目を外すのが許されたのは、一夜限りのことだ。と十三郎は思っている。

江戸の土方勝政より十三郎が、そして長崎の高橋重賢より聞多が奉じたのは年明け早々に、遅くとも一月七日までには現地に到着せよとの厳命だった。

五年に一度、カピタンと呼ばれるオランダ商館長と侍従たちが御上（将軍）に拝謁するため、出島から江戸まで旅をする。聞多によると、商館長一行が往復に要する日程は平均して九十日ほどだという。

「ざっくり半分としても、四十《しじゅう》と五日。然るに、儂らには今日、十一月八日から数えて六十日近くもある。まして身軽な男ばかりの三人旅となれば、少しばかり道草を食ったところで大丈夫だろうぜ」

「馬鹿を申すな、田野辺……」

十三郎は釘を刺す。

「最初から遅れぎみで道中しておれば、必ずや終《しま》いの日程がきつうなる。一日も早く着くことを目指して、ちょうど帳尻が合うのが旅の常というものだ」

「……そなた、詳しいな」

もとより、聞多とて急ぎ旅は承知の上だ。

「されど鏡よ、旅の最初は無理を慎むが肝要とも申すぞ？」

「む……」

十三郎は二の句が継げない。

「仕方あるまい」

溜め息をつくのを見届けるや、聞多はにんまりと微笑む。

六郷川《ろくごう》（多摩川《たま》）を渡し船で越えて川崎《かわさき》へ至った三人は、宿場名物の奈良《なら》茶飯で昼餉《ひるげ》を済ませた。

「こいつぁいいや」

熱い豆腐汁を一口啜《すす》り、ほっと浜吉は一息ついた。百二十間（約二一六メートル）足らずの短い距離とはいえ、六郷渡しの船中でしばし休息を取れたため、顔色もだいぶ良くなっていた。

「江戸の酔いも、これできれいに醒めたなぁ」

聞多も口の端に笑みを浮かべるのだった。

二

ようやく浜吉が挟箱の重さに慣れてきた頃、一行は島田《しまだ》宿に着いていた。旅に出てから、六日目のことである。

これまでに最大の難所といえば、やはり箱根八里だった。挟箱をずっと担がせたまま浜吉に山越えを強いるのは酷と思い、見かねた十三郎は担ぎ手を引き受けてやった。その甲斐あって、無事に揃って踏破することができたのである。

「あんときは助かりやしたよ、鏡の旦那」

しみじみとつぶやきつつ、浜吉は潑剌《はつらつ》と歩を進めていく。

青息吐息で『地獄へ堕ちたほうがましでさ』と呻《うめ》きながら、果てしなく打ち続く坂道を這うようにしていたのが、まるで嘘のようだった。

若いだけに、慣れも早いらしい。むしろ、宿を取るたびに酒と女の手配を欠かさぬ聞多のほうが歩みがのろくなりつつあるようだ。

関所で足止めを喰らうこともなく、無事に旅を続けてきた一行が迎えた次なる難関は、大井《おおい》川だった。

幅三十間（約五四メートル）、水深二尺五寸（約七五センチメートル）なら子どもでも歩いて渡れそうに思えるのだが、大井川は渡し船の代わりに川越《かわごし》人足の手を借りて、肩車か輦台《れんだい》で渡河するように定められていた。

勝手に渡ろうとする者がいないでもなかったが、ひとたび見付かれば五百人近くもいる屈強の人足がたちまち押し寄せ、締め上げられる羽目になる。いかに吝い屋の間多といえど渡し賃と人足への酒手（心付け）を惜しむほど愚かではなかった。

宿場の川会所《かわかいしょ》に立ち寄り、三人分の川札を買う。

「ん……？」

先に立って歩いていた浜吉が、ふと足を止める。

河原で、何やら騒ぎが起こっていた。

「お前らなんぞに舐《な》められて、一家が張れるもんけぇ！」

川越人足に喧嘩《けんか》を売ったのは、旅の博徒《ばくと》だった。

肥満体の博徒の後ろには、三度笠と丸合羽に身を固めた十人ばかりの子分がずらりと控えている。

素人《しろうと》相手に啖呵《たんか》を切るようでは、親分と呼ばれる者にしては下《げ》の下に違いない。

しかし、子分たちは意外なほどに手練《てだれ》揃いであった。

「野郎！」

殴りかかった人足が一人、血を噴いて薙《な》ぎ倒された。前へ走り出た子分が、長脇差《ながどす》を抜き打ったのだ。

争いのきっかけが何であったのかは、たまたま現場に行き合わせた十三郎たちには知る由もない。分かっていたのは、ただひとつ。被害が無関係の旅人たちにまで及ぼうとしている、ということだった。

川越人足は真冬でも褌《ふんどし》一丁で過ごす筋骨逞《たくま》しい巨漢揃いである。それが完全に頭に血を逆上《のぼ》せて、博徒の一群と乱闘をおっ始《ぱじ》めたのだ。

「きゃあ！」

「助けてー」

川越しに臨もうとしていた善男善女は、たちまち大混乱に陥った。

「危ねえ」

言うより早く、浜吉は挟箱を放り出した。

親とはぐれたらしい三歳ばかりの男の子が泣いている。そのすぐ間近で、丸太ん棒を振りかざした人足と渡世人が睨《にら》み合っていた。

「止せ止せっ」

浜吉は大声で機先を制しながら、河原に突っ走っていく。

さっと男の子を抱え上げるや、浜吉は跳んだ。その足元すれすれに、丸太ん棒が唸りを上げて薙いでいく。一瞬でも遅れていれば、子どもは弾き飛ばされていたことだろう。

「いい加減にしねぇかい！」

浜吉が逆上した。

「大事ないかっ」

十三郎が走り寄ると、

「後を頼みますぜ、鏡の旦那……」

子どもを託すや、浜吉はだっと駆け出す。

人足と渡世人は辺り構わず、丸太ん棒と長脇差を振り回している。

無言のまま飛びかかった浜吉は、人足の横っ面《つら》に拳を叩き込んだ。

「う!?」

悲鳴を上げたのは、殴られた人足ではなかった。

浜吉は凍《こお》り付いた。まるで岩でもぶん殴ったかのような感触だったのだ。

「若造、何をしやがる」

丸太を振りかぶったまま、人足はぎろりと睨み付けてくる。血走った双眸に、狂暴な光が差していた。

渡世人のほうも長脇差を止め、片頬に不気味な笑みを浮かべている。

「とんだ邪魔が入ったらしいな、おい」

今まで争っていた人足よりも、闖入《ちんにゅう》してきた浜吉のほうが気に障《さわ》ったらしい。

「先に眠らせちまってから、仕切り直しと行こうかい」

「そうするか」

血に酔った男たちは頷き合うや、浜吉に迫ってきた。

当の浜吉はと見れば、動こうにも動けなくなってしまっている。

短刀を懐《ふところ》に呑んでいる手合いとなら、幾度となくやり合った覚えがある。しかし、刀よりも短いとはいえ一尺八寸（約五四センチメートル）物の長脇差を抜き連ねた物騒きわまりないのが、さらには力士まがいの大男が相手ではいかにも分が悪い。

「この野郎、震えてやがるぜぇ」

浜吉に頬桁《ほおげた》を張られた人足が嘲《あざけ》りを含んだ声で言った。

「先にぶっ喰らわしてやんな。俺が、とどめを刺してやらぁ」

渡世人は嗜虐《しぎゃく》の笑みを浮かべつつ人足をけしかける。

と、その時。

「もう十分だろう」

いつの間に現れたのか、聞多は涼しい顔でうそぶいた。

「こっちは早いところ、川を越えちまいてぇんだ。いつまでも下らねぇ喧嘩騒ぎを続けるのは止めてもらおうか」

「何だとっ」

息巻く人足の横顔が不意に歪《ゆが》んだ。

みぞおちに深々と柄頭がめり込んでいる。子どもを親に引き渡し、駆け戻ってきた十三郎が当て身を喰らわせたのだ。

その背後から、渡世人が無言で斬りかかった。十三郎は抜刀するまでもなく、愛刀を鞘ぐるみのまま、ずんと後方へ突き出す。こじりでの一撃は、渡世人のみぞおちを寸分違《たが》わずに捉えていた。

「じきに役人も駆け付けるであろう。それまで仲良う、気を失っておれ」

淡々と告げる十三郎の耳に、

「いや、お見事お見事」

と聞多の能天気な拍手が飛び込んできた。

闇多はぐったりした浜吉に肩を貸すと、

「儂はこいつを連れて行くからな、後は任せた」

いち早く修羅場から離れていく。

周囲にはまだ、頭に血が上った博徒と人足が二十人近くも群がっている。

「何じゃ、この素浪人」

「味な真似をしてくれるじゃねぇか。ぶった斬ってやるぜぇ」

一同の怒りの矛先《ほこさき》は十三郎へと向けられていた。

皆、長脇差と丸太ん棒を振りかぶっている。構えも何もなってはいない。しかし武術の心得などは皆無とはいえ、刃傷沙汰《にんじようざた》に慣れた手合いである。

躊躇《ちゆうちよ》している閑《ひま》は無かった。

「野郎っ」

怒声を上げながら、一人の渡世人が突っかかってくる。

十三郎は速やかに体を捌いた。

そのときにはもう、両の手は左腰へと伸び、刀を鞘走らせていた。居並ぶ暴徒どもの目には留まらなかった。

「ぐ……」

十三郎に斬りかかった渡世人が白目を剝いた。

血は出ていない。十三郎は、手練の峰打ちを遣ったのだ。

「参れ」

ひとつ睨み返すや、たちまち暴徒どもの間に恐怖が走った。

「ひいっ」

悲鳴まじりに丸太ん棒を振り下ろしかけた人足が悶絶して果てる。

続けざまに五人を打ち倒したとき、十三郎の周囲から暴徒の姿は消えていた。

逃げる聞多にも頭に血の上った渡世人が三人、襲いかかろうとしていた。

「待ちやがれ、どさんぴん！」

聞多は刀を抜こうとはせず、浜吉を支えながら右に左にひょいひょいと飛び回るばかりだ。大の男ひとりを抱えていながら、大した脚力だった。

「おっと」

擦れ違いざまに聞多が足払いをかけると、博徒がつんのめった。

「こっちだぜ、ほら！」

「くそっ」

怒り狂った博徒が二人、同時に突っかかってきた。

間合いを見誤ることなく、聞多はさっと身を翻《ひるがえ》す。とたんに、博徒どもは正面からぶつかり合って昏倒する。文字通りの、鉢合わせである。

折しも、十三郎は刃向かう最後の一人を打ち倒したところであった。

「そっちは片付いたのかい?」

「うむ……」

鞘を引いて納刀しながら、十三郎は憮然とうなずく。

この田野辺聞多という男は、果たして強いのか、弱いのか。

刀は抜かなかったので気になるタイ捨流の手の内までは判然としないが、身のこなしが軽くて脚も強く、度胸があることだけはよく分かった。

それに意外と頼りにもなる。浜吉のことをこき使いつつも、いざとなればきっちり助けてやるだけの男気は一応備えているのだ。十三郎は少しばかり、田野辺聞多という男に興味を持ち始めていた。

三

一行が江戸を発ってから十日が過ぎた頃、長かった東海道中の旅も、そろそろ京に近付いていた。

だが、三人にとって京の都など単なる通過点にすぎない。西国を端まで踏破し、海峡を越えなくてはならないのだ。

東海道三十八宿目の岡崎《おかざき》を通過して矢作橋《やはぎ》を渡っていたとき、向こう意気の強い浜吉もついに音を上げた。

「お二人とも、ちょいと足が速すぎますぜ……」

身軽な十三郎と聞多は、一日に十里（約四〇キロメートル）を歩くのもまったく苦にはならない。しかし、重い荷を背負った浜吉に同じことを求めるのは、酷に過ぎよう。

三人は橋の欄干近くに寄り、通り過ぎる旅人や荷駄の邪魔にならないようにした。

小休止する男たちの眼下を、矢作川が滔々《とうとう》と流れていく。

「たしか『絵本太閤記』に出てきたのは、この橋だったな」

「左様」

聞多のつぶやきに応じて、十三郎は空を見上げたまま言った。

「日吉丸《ひよしまる》――後の太閤秀吉公が蜂須賀小六《はちすかころく》殿と会うた話であろう。寝ていたところを小突き起こされるや、負けじと起き上がって槍の柄をつかんだそうな」

「ま、作り話だろう」

「無論。秀吉公が蜂須賀殿と会われたのは、墨俣《すのまた》に一夜城を築かれたときだからの」

川風に吹かれながら、二人はのんびりと言葉を交わす。反りの合わない同士が意気投合するきっかけとは、まったくどこに潜《ひそ》んでいるか分からない。

一方の浜吉は挟箱の重さに耐え切れず、ぐったりとへたり込んでいた。

「やれやれ、とんだ日吉丸だ」

溜め息をついた聞多は、傍らの十三郎に問いかける。

「橋を渡って、手近な茶店に寄っていこう。般若湯《はんにゃとう》の一杯も呑《や》れば景気づけになるだろうよ」

「止めておけ」

十三郎はにべもなく言った。

「この寒空の下で要らぬ水気を摂《と》れば、小便の元になるばかりだ」

「身も蓋《ふた》もないことを言うなぁ、おぬしは……」

「浜吉を気遣《きづこ》うてやるならば、だらだらと小休止をさせるよりも早泊まりにして、明日も励ませたほうが良かろうぞ」

「成る程、それもそうだな」

「されば、今宵は二つ先の鳴海《なるみ》泊まりと致すか」

「いや、待て待て」

と、聞多は懐中から一冊の書を取り出す。

表紙に『文政版　諸国道中細見記』とある。六年前の文政二年（一八一九）夏に改訂版が刊行された旅人向けの街道案内記だった。

「うーむ……」

頁をめくる手を止めたまま、聞多は考え込んでいる。

十三郎は我関せずといった顔で広い川面を見やっている。この矢作川は長さ二百八間（約三七八メートル）もの橋を要するほどの、東海道の隠れた大河だった。

どのみち聞多が悩んでいる理由など、どの宿場で草鞋《わらじ》を脱いだほうが見目良き飯盛女《めしもり》に出合えそうなのかという一点だけに違いない。

大井川での乱闘のとき少しは見直したものの、あれから先の聞多は日が暮れるまで懸命に旅程を稼ぎ、その埋め合わせとばかりに食売旅籠《めしもり》にしけ込むことを繰り返すだけだった。川風に鬢《びん》をなびかせながら、十三郎は渋い表情になるばかりである。

「……されば、宮《みや》宿にしよう。この書には出てはおらぬが、あの宿場の飯盛たちは躾《しつけ》が江戸風で良いと、往路で噂に聞いたのを思い出したぞ」

「行きに色を慎んだ宿ならば、帰りも徹するが良かろう。どのみち宮まで出るならば渡しに乗って、桑名《くわな》まで今日中に参ろうぞ。私は飯盛女よりも、焼き蛤《はまぐり》のほうを食したい」

「そう言うなよ。おなごも貝も、儂が久方ぶりに奢《おご》ってやるから、な、な？」

重い荷物を抱えたままの浜吉は、苛々《いらいら》して言った。

「どっちでもいいですから、早く歩いておくんなさいよぉ」

後ろでぶつくさ言っている浜吉に聞こえぬよう、声を潜《ひそ》めて言葉を交わす。

「……されば田野辺、今宵は宮泊まりと致そうか。たまさかには私も付き合おう」

「忝《かたじけな》い。焼き蛤のほうは、明日の昼餉《ひるげ》にゆるりと食おうや」

一同は、しばし旅程を稼ぐのに集中した。

心をひとつにすれば、自ずと足並みも揃ってくる。

程なく、宮の宿が見えてきた。知る人ぞ知る、東海道でも有数の賑やかな宿場町である。

「こりゃあ、いいや」

「……物欲しそうにするもんじゃねえ。品下《しなさ》がった男は、安く見られるのが落ちだぜ」

たちまち相好《そうごう》を崩す浜吉を、聞多は小声で叱《しか》りつける。

だらしないばかりのようでいて、実のところは往来での立ち居振る舞いはきちんとしているのだ。

「田野辺……」

そんな聞多の耳元に、十三郎はそっと囁きかけた。

「あれなる旅籠ならば、見目良き女も揃うておるようだ」

「成る程、たまには気が合うの」

二人が目を向けた食売旅籠は小体ながら、たしかに雰囲気が良さげである。

無理に客引きをしていないのに、部屋はあらかた埋まっているらしい。それは馴染みの客が多いことの証左と言えよう。

「されば、入るか」

「うむ」

頷き合った二人は浜吉の尻を押すようにして、暖簾《のれん》を潜っていくのだった。

夜が更けた頃、十三郎と聞多はどちらからともなく部屋を出た。

別室を取らせた浜吉は今頃、お楽しみの最中なのだろう。

二人のほうはといえば敵娼も眠りに落ち、朝まで目を覚ましそうにはない。

「おやおや、鏡」

「おぬしもか」

廊下で顔を合わせるや、二人はぎこちなく笑い合った。

「武士の性分とは、まったく困ったものだな。自分は大事なお役目を抱える身と思うと、とたんに体が言うことをきかなくなる……」

苦笑混じりに、十三郎はつぶやく。聞多を警戒しているはずなのにどうしたことか、ふと本音が出てしまっていた。

「そういうこった。勃《た》ちが悪くなるのはもちろんだが、色事に励もうと思っても気が張ってくると度を過ごせねぇ」

「時に、田野辺」

「うん」

「某《それがし》の部屋で、少し呑まぬか」

「女はいいのかい？」

「鼻を摘《つま》んでも、まず起きぬだろうよ」

「売れっ子ほど疲れが溜まっているってのは、どこの色街も同じもんらしいなぁ」

しみじみとつぶやきつつ、聞多は十三郎の後について歩き出す。

二階廊下の突き当たりにある座敷では、二十歳ばかりの飯盛女が高いびきをかいている真っ最中だった。

「ま、これも酒の肴《さかな》と思えばいいやな」

苦笑する聞多に、黙って十三郎は酌をしてやる。

「おぬしも呑《や》れ」

「忝《かたじけな》い」

返杯を受けた十三郎は、すっと盃を持ち上げた。

意識しての、しぐさではない。

どうしたことか、寛《くつろ》いだ雰囲気の中で自然に突いて出た所作であった。

「十三郎、おぬし……」

酒を呑むのも忘れたまま、聞多が驚いた様子で言った。

「何故に、異人のしぐさを知っておるのだ？」

「異人とな」

たちまち、十三郎の顔が強張《こわば》る。

盃を手にしたまま、完全に凍り付いていた。

「左様」

真似をして見せながら、聞多は言い添える。

「俺の警護しておる異人がな、酒を馳走してくれるときに必ず盃を持ち上げるのだ。おらんだの言葉は分からぬが、通詞《つうじ》に聞いたところでは、互いの健康を祝してのことらしい」

「……」

聞いているのかいないのか、十三郎は凝固したままでいる。自分の忌み嫌っている異人と同じしぐさをそれと知らずにやってしまったとは、全く恥ずべきことと思っていた。

盃の酒は、いつしか箱膳の上にこぼれ落ちてしまっていた。

「勿体《もったい》ないなぁ」

呆れながらも、聞多は話題を蒸し返そうとはしなかった。

空になった盃を持たせてやり、そっと注ぎ直す。

「すまぬ」

詫びながらも、十三郎の態度は硬いままだった。

飯盛女のいびきを耳にしながら、二人は黙然と盃を重ねる。

「……田野辺」

ふと、十三郎が問いかけた。

「……何だい」

窓外の月に目を向けていた聞多が、とろんとした目を向けてくる。少しばかり、眠気を覚えてきたらしい。こうなると誰であれ、自ずと口が軽くなるものだ。問う側の十三郎にとっては、まさに図らずして得た好機であった。

「土方殿が申しておられた我らが密命とは、如何なるものなのだ？　教えてくれい」

江戸を発って以来、ずっと十三郎はそのことが頭から離れずにいた。

子細を聞かされたら、断るかもしれない。そう思えばこそ土方は多くを語らずに自分を旅立たせたのであろうが、もはや旅程も半ばを過ぎようとしている。

ここまで来たからには、如何なる使命であれ放り出す積もりはない。

「その話なら、止しにしなよ」

酔ってはいても、聞多は変わらずに冷静だった。

ちゃらんぽらんなようでいて、決して我を見失うことがないのだ。

「こやつ……」

十三郎は低く呻いた。聞多が肝心なことになると決まってはぐらかすのは、本当はすべて知っているのに明かしたくないからなのではないか。そう思えてきた。

「知らぬが仏って言うだろうが、鏡？」

「ふん」

十三郎は、自棄《やけ》な態度で盃を呷《あお》った。

強引に気持ちを落ち着かせるや、吐き捨てる。

「拙者は仏になど、なりたくはないっ。密命とやらのために体を張るのは構わぬが、いいように使われるのは御免こうむるわ！」

「そいつぁ、ご同様さね。だけどこっちはもともと宮仕えってやつだしなぁ、慣れたもんよ」

お気楽な口調で、聞多はつぶやいた。

何を言われても、まるで蛙の面に小便を地で行く男であった。

「いい気なものだな。願わくば拙者も、そうなりたいものだよ……」

拍子抜けした顔で独りごちたとき、はっと十三郎は気付いた。

思えば遠い昔、少年の頃にも誰かと同じような会話を交わしたことがある。

自分は生まれ落ちたときから異質な存在。そう思えばこそ、努めて自己を頑なに保とうとし、律するように心がける性分だった。そんな十三郎が折に触れ、自分もこう振る舞えたら楽だろうなと、どこか憧れにも似た感情を抱いた幼馴染みが一人だけ、いた。

「おぬし、もしや……」

真剣に問いかけようとしたとき、聞多は布団の中に忍び入っていた。

「あーあ、いい心持ちだぜぇ」

熟睡している十三郎の敵娼の体に寄り添い、うとうと白河夜船《しらかわよふね》になっていたのである。

「眠るならば、己の部屋に戻るが良い！」

「へい、へい」

一喝された聞多は逆らうことなく、尻に帆を掛けて這い出ていった。

「何ですよう、お客さん……」

飯盛女が目をこすりこすり上体を起こしたときにはもう、とっくに聞多は廊下に消えた後だった。

東海道五十三次を踏破した三人は一路、山陽道を歩き続けた。

こうして赤間《あかま》ヶ関《せき》（下関）に着いたのは師走も半ばを過ぎ、もうすぐ年が暮れようかという頃だった。

いよいよ、海峡を越えれば九州である。

「ここから船に乗るのだな、田野辺？」

「左様」

聞多は気もそぞろな様子だった。

旅客を誘う紅灯が瞬いているのは、港町の常だ。むろん赤間ヶ関とて例外ではない。

十三郎とて木石ならぬ身である。これまでにも聞多と浜吉に付き合い、宿場で色を売る食売旅籠に幾度も草鞋を脱いではきたが、目的地を前に控えているとなればそろそろ身を慎まねばならないだろう。

海峡を越えた先に待つのは、死地なのかもしれないのだ。どうしてこう、聞多は太平楽に構えていられるのだろう。焦燥の念が、生真面目な十三郎を一層に生硬にさせていた。

「しけこもうではないか、な？」

「止めておけ」

せがむ聞多に、十三郎は頑なに乗ろうとはしない。

しかし、無下に止めて四半刻（約三十分）ほど時を無駄にしたのが災いした。

「空いておらぬのか？」

「申し訳ありません、お客さん……」

よさげな宿を見つけたときにはもう遅かった。

食売旅籠に上がりたがる聞多を押し止めているうちに、女を置かない平《ひら》旅籠まで満杯になってしまったのだ。

宿場町の夜は早い。

ぐずぐずしていると、泊まる場所そのものが無くなってしまうのだ。

「だから言ったのだ！　鏡！」

「鏡の旦那が堅すぎるのも、つくづく困ったもんですねぇ。どこでもいいですから、屋根の下で休ませてやってくだせえよ」

今夜は海を渡れぬ以上、どうあっても泊まる場所が必要だった。

聞多と浜吉から散々になじられた十三郎は引き続き、宿探しに奔走した。

「済まぬが、一夜の宿を願いたい……」

断られ続けたあげく、やっと見付けたのは宿場外れの老夫婦の家だった。

「そりゃあお困りでありますのんた」

揃って白髪の夫婦は兄妹かと思うほど似通った顔立ちをしていた。

聞けば永らく漁師を営んでおり、息子たちも今は独立して久しいという。

河豚《ふぐ》に鯨《くじら》と豊富な海の幸で知られる土地柄だけに、家庭料理とはいえ相応の馳走が期待できようというものだ。

ところが、夕餉に供されたのは各自に一椀ずつの汁物だけであった。

かばち（文句）など言える筋合いではない。

「頂戴すると致そう」

十三郎に倣《なら》い、聞多も素直に膳に向かう。

雇われの身で文句など付けられるものではない浜吉は、気の進まぬ様子ながらも二人に続いて箸を取った。

「うむ」

「いけるな」

十三郎と聞多は頷き合いつつ、旺盛な食欲を発揮する。

どうやら根菜をごった煮にし、豆味噌で調味しているらしい。

鯨肉の塊も一緒に煮込んであるらしく特有の脂《あぶら》の臭いが鼻につくが、実にうまい。

それにしても気になるのは、汁の中にぷかぷか浮いている、真っ黒い団子だった。

江戸を発って以来、ずっと麦飯続きだったことを思えば、正体が判然としない団子など何ということもないだろう。

「あ……」

思い切って嚙み締めたとたん、浜吉の表情が一変した。

「これ……蕎麦《そば》の団子じゃないのか」

赤間ヶ関を擁する周防《すおう》国、後の山口県には「蕎麦玉汁」と呼ばれる郷土料理がある。

人参と里芋、蕪《かぶ》を鯨肉と一緒に煮込み、味噌で味を調《ととの》える。このとき、磨《す》り潰した大豆を味噌と混ぜ合わせることにより、香ばしい風味が生まれるのだ。

ましてて入念に味を調えた汁の具にしているとなれば、ありふれた蕎麦団子でも一味違うのは当然だろう。

「お前はたしか、上州の生まれであったな」

聞多の問いかけに、浜吉は震える声で答える。

「おっ母《かあ》がいつも、蕎麦がきを作ってくれたんだ……この味、忘れてた……」

「母の味というわけか。されば、格別であろうな」

そうつぶやく十三郎の横で、浜吉は涙を流していた。

「こんな美味《うま》い汁、郷里の弟に食べさせてやりてぇ……」

涙する浜吉の横で、十三郎と聞多は無言で箸を動かしている。

向こう意気の強い若者にも、純なところがあったのだ。浜吉の無垢《むく》な心根を知ったことにより、そこはかとなく温もりを覚えていた。

「わしらはもう十分じゃけえ、お代わりしなっせ」

囲炉裏の向こうで、老夫婦はにこやかに微笑んでいた。

四

翌朝。

雑炊一杯ずつの朝餉を有難くしたため、三人は老夫婦の家を後にした。

十三郎が去り際に渡そうとした板銀を亭主はどうしても受け取ろうとせず、最後に銅銭を数枚だけ、ようやく納めてくれた。

「茶代にも足りぬであろう小銭だけしか取ってくれぬのでは、気が咎《とが》めるの……」

「良いではないか」

当惑した様子でつぶやく十三郎に、聞多はさらりと答えた。

「人の親切とは、快く受けてこそ値打ちもあるというもの。そなたも、まだ青いな」

「ふん、放っておけ」

「おお、怖い怖い」

十三郎の視線を涼しい顔で受け流すや、聞多は後ろを振り向く。

今日の浜吉は、一言も不平を漏らしてはいない。

足取りも軽く、すっきりした顔で港へ至る道を闊歩《かっぽ》していた。

「浜吉」

「へい？」

立ち止まった浜吉の目の前に聞多が差し出したのは、分厚い美濃紙の包みだった。

大きさから見て、小判がくるまれているらしい。約束した給金の先渡しにしても、些《いささ》か多すぎる額だ。

「その先に、両替屋と飛脚屋がある。為替にして、郷里の家族に送ってやれよ」

「そんな」

浜吉が当惑した。聞多の顔はいつになく、真剣そのものだった。

「この馬関海峡を越えて、ひとたび長崎の地を踏めば、生きては戻れぬかもしれない。お前も肉親の情を思い出したとなれば、今のうちに親兄弟孝行をしてやることだ」

「え……」

「冗談、冗談だよ」

ふだんの調子に戻った聞多は、さりげなく金包みを浜吉の袂《たもと》に落とし込んでやる。

「ともあれ、これはお前のものだ。無駄に遣っちまわねぇで、折を見て必ず郷里に送るんだぜ」

「ありがとうございやす！　きっと、旦那のお志を無駄にはしやせん」

素直に礼を述べるや、浜吉は深々と頭を下げた。

その晴れやかな横顔を、十三郎はくすぐったそうに眺めている。やはり、聞多も根は良い奴なのだろう。

しかし、いつまでもほんわかとした気分に浸っている場合ではない。今や、長崎は目の前なのである。眼前に広がる海峡は、その玄関口なのだ。そこには十三郎と聞多に課せられた、密命の答えが待っている。聞多が思わず口の端に上《のぼ》せた「生きては戻れぬ」との一言は、冗談などではないのだろう。

荷物持ちとして雇われただけの身とはいえ、浜吉とて無事では済まぬやもしれない。聞多、そして自分と図らずも関わりを持ったことで、この無鉄砲ながらも愛すべき若者の身に危機が及ぶかもしれないと思えば、十三郎の心は浮かなかった。

それに、日一日と長崎に近付くにつれて十三郎は改めて不安を覚える。忌まわしい思い出しかない故郷の土を、自分は心静かに踏めるのだろうか。まだ自信は持てなかった。

第四章　明かされた密命

一

年が明けて、文政九年（一八二六）正月。

明け方に目を覚ました三人はいつもと変わらず朝餉をしたため、佐賀《さが》城下の宿を発つ。

この時代、正月休みという習慣はない。客を泊めることを生業とする旅籠の人々も同様だった。近所づきあいとして年始の挨拶《あいさつ》を交わしはしても、旅人に対してはあくまでも客としてしか接してはくれない。

「せめて屠蘇《とそ》ぐらいは呑ませてほしいもんですねぇ、田野辺の旦那」

「そう言うな」

ぼやく浜吉を宥《なだ》めるように、聞多はぽんぽんと肩を叩いてやる。

「今朝の食膳には、煮染《にし》めとなますが付いていただろう。あれだけ食せば、十分に正月を迎えたという気分にもなろうってもんだ」

「ま、お互いに独り身でござんすからね」

「そういうことだ」

二人のやり取りに微笑みながら、十三郎は編笠の縁を掲げ、

「見事なものだの」

なだらかな道を前に感心した声を上げた。

佐賀藩領内の街道は常に新しい砂が敷かれ、清潔に保たれているのが特色だった。子どものときにも、江戸から来た隼之助に連れられて通ったことがあるはずだが、こうして大人になった目で見、歩いてみると、佐賀藩の行き届いた作事（工事）ぶりがよく分かる。

「こんなに歩きやすい道は、旅に出てから初めてでさ」

馬関海峡を越えて、ついに九州への上陸を果たした十三郎、聞多、浜吉の三人が辿《たど》っているのは小倉を起点とする、長崎街道だった。

黒崎《くろさき》、木屋瀬《このやせ》、飯塚《いいづか》、内野《うちの》、山家《やまえ》、原田《はるだ》、田代《たじろ》、轟木《とどろき》、中原《なかばる》、神崎《かんざき》、境原《さかいばる》を経て佐賀に至ったのは昨夜、大晦日《おおみそか》のことである。

除夜の鐘を聞きながら、一行は寝酒を飲《や》ることもなく眠りに落ちた。

さすがの聞多も小倉に着いてからは酒色を慎み、浜吉ともども十三郎を見習って真面目に道中を重ねている。

その甲斐あって、旅程は順調に消化されつつある。

佐賀を過ぎれば、長崎街道も残り半分だ。

牛津《うしづ》、小田《おだ》、塩田《しおた》、嬉野《うれしの》、彼杵《そのぎ》、松原《まつばら》、大村《おおむら》、矢上《やかみ》、日見《ひみ》。

夜に日を継いで九宿を通過した三人が、ついに長崎の土を踏んだのは佐賀を発ってから四日後、一月五日（陽暦二月十一日）のことだった。


長崎——

三方を山に囲まれた、坂の町と人は言う。

高台に立てば眼下の港を大小の船が賑やかに行き交っているのが一望できるし、潮の香りを孕《はら》んだ風が頬に心地よく、空はどこまでも青い。

「いい心持ちですねえ」

ほっとして汗をぬぐう浜吉の横で、十三郎は黙ったままでいる。

十三郎にとっては、複雑な想いに満ちた町だった。

生まれた地であると同時に、思い出したくなかった過去の面影が、そこかしこに満ちているのだ。だが、こうして来てしまった以上は腹を括《くく》るしかあるまい。

「まずは俺の家に寄ってくれ。お奉行へのご挨拶は、一息入れてからでいいだろう」

聞多が案内してくれたのは立山《たてやま》の奉行所から程近い、下役の組屋敷地だった。

「田野辺の旦那、あの妙な橋ぁ何ですかい？」

見事な二連の石橋を遠目に見た浜吉が、すっとんきょうな声を上げる。

「眼鏡橋と申す。寛永《かんえい》の世に、唐《から》より来た高僧が架けたものだそうだ」

「へえ。長崎ってのは、面白《おもしれ》えもんがいろいろとあるんですねぇ」

感心しきりの浜吉を伴い、聞多と十三郎は一軒の屋敷前に着いた。

町奉行配下の役人がいつ何時でも出動できるように、役所の近辺に組屋敷を与えられている点は江戸と変わらない。

簡素な冠木《かぶき》の門構えながらも、田野辺家の屋敷は十分に金がかかっていた。表向きは一代抱えということになっていても、長崎奉行所の給人と下役は江戸町奉行所の与力・同心とまったく同じで、代々の世襲職である。公事《くじ》訴訟の処理をはじめとする市中の司法・行政に携わる立場となれば、付け届けにも事欠かなかった。

聞多の性格をみれば、よほど貯め込んでいると見なすべきだろう。しかし、屋敷の内部は何とも乱雑きわまるものだった。

「何と……」

玄関に立った十三郎は、唖然とした。板張りの床一面に、埃《ほこり》が積もっている。不在中に累積したわけでないことは、点々と残ったままの足跡からも明らかだった。

一体どこに腰を下ろせば良いのか、まったく見当も付かないのだ。

「どうした、鏡？」

聞多が、不思議そうに問うてきた。

「浜吉がいま風呂を沸かしてくれておる。儂が茶を淹れてやるから、そなたはそのあたりに座っていてくれ」

「……………」

そのあたりとは、綿埃の絡まっている畳の上を指しているのだろうか——

やはり、この男とは性が合いそうになかった。

一刻（約二時間）後。

浜吉を手伝って十三郎が風呂の支度を整えている間に、聞多はようやく一間だけ掃除をした。慌ただしく背中を流し合って旅の垢《あか》を落とした十三郎と聞多は、浜吉が残り湯を遣っている間に着衣を改めた。

着替えのない十三郎は、聞多の常着《つねぎ》という木綿物の長着と袴、羽織を借りた。部屋じゅう乱雑にしていて憚《はばか》らないのに、どれも皆きちんと折り目を付けて保管されていたのが意外だった。

「なかなか似合うぞ。男前のそなたが着ると、同じ仕立てでも映《は》えるもんだな」

苦笑する聞多の装いも、羽織袴姿である。

着流しに巻羽織という小洒落《こじゃれ》た姿の町同心は、江戸にしかいない。科人《とがにん》を一刻も早く追《つい》捕《ぶ》するためには、たとえ将軍・大名の駕籠先といえども着流し姿のまま差し支えなしとされた「御成先御免」の特権も、御府外の町方役人には無縁のものだった。

「出かけるぞ、浜吉」

「へーい」

さっぱりした顔を見せた浜吉も、聞多が出してきてくれた中間用の着衣に装いを改めていた。亡き父親が雇っていた者のお仕着せだという。

「こいつぁ上物ですね、田野辺の旦那」

どれも同じに見える中間姿だが、やはり違いというものがあるようだ。浜吉は、すっかり気に入った様子で言った。

「あっしもいろんなお仕着せを身に着けてきたもんですが……こちらの御屋敷のご内証は

ずいぶんと裕福なんですねぇ」

「そいつぁ親父の代までのこった。なにしろ、賄賂《まいない》を取り放題だったもんでな」

聞多は、苦笑まじりにつぶやく。

「俺の代になってからはご覧の通りの体たらくよ。ま、だから仕事がやりやすくもあるんだがな」

意味深な一言を漏らす聞多を、十三郎は無言で見返すばかりであった。

疾うに初荷も済み、街中に正月気分などは残っていない。

江戸ほど喧噪に満ちているわけではないが、そこは港町だけに荷の出入りも多く、人の往来も賑やかだった。

「迷わねぇように、しっかり付いてくるんだぜ」

十三郎と浜吉に告げながら、聞多は何気なく視線を巡らせた。

胡乱《うろん》な気配を、背後に感じたのである。兵法者として十全に鍛え抜かれているはずの十三郎さえ、その気配に反応を示さなかった。まして浜吉が何も気付かないのは、当然のことだろう。直《じか》に刃を交えた聞多以外の目には、ありふれた武士の二人組としか映らなかったからである。

一人は五尺そこその、鋭角の顎が目立つ小柄な男。もう一人は六尺豊かな、筋骨逞しい巨漢。

今日は竹田頭巾ではなく深編笠を着けており面体こそ窺《うかが》い知れないが、特徴ある姿形は見違えようはずがなかった。

鳴滝塾にシーボルトを襲った折と同様、小柄な男は二尺六寸物の長剣を帯びている。

相棒の巨漢は長身に似合わぬ定寸刀を先夜と同じく、きちんと閂《かんぬき》に差していた。

あちらも聞多に気付いている様子はない。どうやら、長崎の市中を探索している最中らしかった。

自分たちを迎撃した奉行所同心との決着など、もとより眼中にないのだろう。

二人組の狙いは、シーボルトの命を奪うこと。ただ、それのみであるはずだった。

町中を、小者連れの同心が見回りしている。

「久しぶりだな、おい」

二人組が歩き去ったのを見届けてから、聞多は声をかけた。

「田野辺か。お奉行の御用で江戸へ行ってたそうだが、もう戻ったのかい」

でっぷり太った中年の同心が、懐かしそうに言った。

「まぁな。で、シーボルト殿はお変わりないかい?」

「ああ。お前さんがいない間は俺たちが三人ずつ毎日交代でくっついていたからな。相変わらず、ちょいちょいお忍びで町中に出たがるんで手を焼いたが……」

「そうかい」

ほっとした様子で聞多は頷く。

「如何した、田野辺？」

十三郎が不思議そうに問うてくる。

「何でもないよ」

と笑みを返すや、

「奉行所はもうすぐだ。早いとこ御用を済ませるとしようや……」

聞多はさりげなく告げるのだった。

二

長崎奉行所は、市中の二箇所に設けられている。

外浦町《ほかうら》には、西役所。そして、立山には東役所がある。

世に立山役所の通称で知られる東役所は、延宝《えんぽう》元年（一六七三）に設置された。

江戸の南北町奉行所のように月番交代で機能していたわけではない。

江戸と同様に二人制が採られた長崎奉行だが、現地に赴任するのは一人だけと決まっており、もう一人は江戸にとどまる。

文政八年現在、長崎在任の奉行である高橋重賢は立山役所に詰めている。

西役所は交代に赴いた新任の奉行が一時待機し、旧任の奉行が江戸へ戻るのを待つ間の仮所にすぎない。いま江戸に居る土方勝政が今春に長崎へやってきたときにも、まずは西役所に入ることになるはずだった。

立山役所こと東役所こそが全市を支配する、町奉行の本拠地なのである。

奉行所の門を潜った三人は、二手に分かれた。

浜吉は挟箱を用部屋へ運んでいく。聞多の同輩である下役たちが、江戸みやげを待ち侘《わ》びているのだ。

「労ってくれるように言ってあるから、俺たちの用が済むまでゆっくりしていな」

そう告げて浜吉を行かせると、聞多は十三郎を奉行所の奥へ案内した。

「お奉行はさばけたお人だ。堅くなることはねぇぜ」

「放っておけ。私は、殊更に堅く振る舞っておるわけではない」

「そうだったな」

嚙み合わない会話を交わしつつ、長い廊下を進んでいく。

奥の座敷では、一人の男が待っていた。

長崎奉行の高橋重賢である。聞多が言っていた通り、真面目そうながらも柔和《にゅうわ》な雰囲気の人物だった。

「寒中の長旅、真実《まこと》に大儀であった……さ、入るがよい」

冷たい廊下で平伏したままの二人に、高橋は告げた。

「は」

応じて、二人は上体を起こす。

下座に就いた十三郎と聞多は、改めて高橋に拝謁した。

「そなたが鏡じゃな」

「鏡十三郎にございます」

「成る程。土方殿が推挙されるにふさわしき美丈夫じゃの」

「滅相もございません」

「謙遜致すな」

高橋は、しみじみとした口調で言った。

「そなたが護衛の任に就いてくれれば、シーボルト殿もさぞご安心されるであろうな」

その途端、十三郎の表情が凍り付いた。

「シーボルト……殿とは」

「三年前に参った、オランダ商館付の医師じゃ」

「……」

「この九日に、カピタンが江戸への参府に旅立つことは、そなたも知っておろう」

「は」

「頼みたきは、その道中の護衛なのじゃ」

「護衛」

「シーボルト殿はかねてより、刺客に狙われておる。敵もさるもので、この長崎の町を自在に罷《まか》り通り、二人組ということしか未《いま》だ分からぬ」

十三郎は押し黙ったままでいた。

「……お奉行」

「うむ」

「某《それがし》が父、松平康英が、かのフェートン号の一件により自裁せしことは、ご承知の上にございますな」

「無論じゃ」

「されば何故、お隠しになられていたのですかっ!? この某が異人などの……父の仇にも等しき輩《やから》のために働くとでもお思いかっ」

十三郎の声は、明らかに怒気を帯びている。江戸で土方より長崎行きを告げられたときにも増して、顔色が変わっていた。

十三郎は確かに父を憎んでいた。だが、一方で父の康英があのような死に方をしなければ、母きくもまた早すぎる死を迎えなかったのではという想いが強かった。それゆえ、十三郎は両親の死の原因となった異人を憎み続けていた。

「まぁ、落ち着け」

高橋は、どこまでも鷹揚《おうよう》だった。

礼を失した十三郎に怒りを表すこともなく重ねて告げた。

「そなたが憎んでも余りある、異人の警護が役目と知れば、ゆめゆめ引き受けまい、なればこそ儂は土方殿に口止めを願ったのじゃ。許せ」

「………」

十三郎の表情は変わらなかった。

いかに詫びてもらおうとも、所詮は高橋も土方も、異人のため不幸になった自分の心情を顧みず、ただただ利用したいだけということは明らかだった。

「暫時、考える暇をやろう。儂はしばし席を外そうぞ」

そう言い置き、高橋は奥座敷を後にした。

後には、押し黙った二人の男だけが残された。

先に沈黙を破ったのは十三郎だった。

「……田野辺」

硬い口調を変えようともせず、言葉を続ける。

「そなたは知っていたのか」

聞多は答えない。ただ、無言で十三郎を見返しただけだった。

「言え！」

十三郎は、思わず声を荒げていた。

「お奉行方の片棒を担いでおきながら、よくも永《なが》の道中、某を謀《はか》ってくれたの!!」

叫ぶと同時に、聞多の胸倉をぐいっと引っつかんだ。

と、十三郎の上体がよろめく。二の脇を、鋭く撥ね上げられたのである。

「むっ」

すかさず身構えた十三郎の耳朶《じだ》を、聞多の苛烈な一声が打った。

「見損なうな！」

いつものへらへらした表情は、何処にもない。口調も武家言葉に戻っていた。

「知っていて言えぬ辛さが、そなたに分かるか!?」

聞多の双眸が、ぎらぎらと光っている。

重苦しい沈黙が流れる。

「……鏡」

聞多は、静かに語り始めた。

「そなたの気持ちは分かる。たしかに、騙《だま》されたも同然のことだからな。儂も、その点は心から詫びよう」

「………」

「しかし、異国の要人を暗殺されてしまえば只では済むまい。儂のお奉行が腹を切らねばならぬのはむろんのこと、土方様にも累は及ぶだろうな」

「……某の知ったことではない」

「そう申すだろうと思ったよ」

聞多は怒ることもなく、続けて言った。

「しかしな、儂はシーボルト殿を死なせたくはない。むろん、お奉行方もだがな」

「何と申す」

「まぁ、聞いてくれ」

聞多は、微笑みながらつぶやいた。

「シーボルト殿は市中に鳴滝なる私塾を開いておられてな。儂は以前《まえ》に出島との行き来の護衛を務めておった故、折に触れて話をさせてもらっておる。こちらはまったく蘭語など解さぬが、あちらはなかなか言葉を覚えるのが早くてな。今では簡単な話ならば、通詞を介さずともできるほどよ。よほど、この国が気に入ってくれているのだろう」

「……」

「男振りも良き御仁じゃ。そなたも会うてみれば、きっとそう思うだろうよ」

「では、そなたは」

「左様。惚れ込んでしもうたのよ」

苦笑しかけた顔を引き締めると、聞多は固く宣した。

「儂はシーボルト殿を空《むな》しくさせたくない。なればこそ、そなたに助けてほしいのだ」

しばしの間を置いて、十三郎は言った。

「そなたが言うことは、良く分かった。されど某は、異国人が憎い。この気持ちばかりはどうにも抑え切れぬ」

「何故だ？」

と問う聞多に、十三郎はためらいながら口を開いた。

「……某の母は、蘭人の血を引いている」

それは、ずっと秘してきた過去だった。

「母が金髪碧眼《へきがん》だったために、幼き日には町じゅうの子どもからいじめられたものよ。某は何処も変わらぬと申すのにな……」

と、聞多は意外な反応を示した。

「そなたのことは、知っていたよ」

「何？」

表情を硬くした十三郎を、聞多はすっと見返す。永の道中で浮かれていたときとは別人のような、しかし紛れもない同一人の、真摯《しんし》そのものの眼差しだった。

「榊《さかき》道場の名は、覚えておろう」

十三郎が少年時代に通っていた町道場である。

「あんなに毎日稽古をしていたのを、忘れたってのかい。太郎さん？」

「あ……」

伝法な口調で幼名を告げられるや、十三郎の顔に驚愕の表情が浮かぶ。

異人の子と嫌われていた十三郎と稽古をしてくれる者は誰もいなかったが、何の偏見も持たずに挑んでくる、ただ一人の子どもがいた。

身の丈も体格も、それこそ兄弟のように似ていたものである。互いに無二の稽古相手となっていたのだ。

「そなた……次郎、だったのか」

「まあ、思い出してくれたんなら話もしやすいってもんさ」

聞多はおもむろに語り始めた。口調も態度も、元に戻っている。

「そなたの元服名は、母御が付けられたものであろう」

「それが、如何致した」

「されば、でるてぃーんという言葉を知っておるな？」

思わず、十三郎は言葉を失っていた。

オランダ語を解さない十三郎だが、亡き母のきくからその言葉は折に触れて聞かされていた。

聞多は続けて言った。

「蘭語では、十三をでるてぃーんと言う。そなたの祖父御は長崎を去るときに、もしも男の子ならばその名を付けてくれと託されたそうだ。耶蘇《やそ》（キリスト）教では忌み嫌われる数字を敢えて名に織り込むことで、如何なる苦境にも負けぬ、強き子に育ってほしいとの願いを込めてな」

「……」

「されど生まれたのは女の子、つまり、そなたの母御だった。ために、でるてぃーんなる名は孫であるそなたに付けられたというわけだ」

「……そうだったのか」

「シーボルト殿はそなたの祖父、つまりは母御の父上のご遺族と懇意だそうだ。この話はシーボルト殿から直に聞いた。自分と会う前に伝えてほしいと申されてな」

「真実か」

「そなたの祖父御は、本国で指折りの剣の達人だったらしい」

「……」

「長崎を去った後に生まれたのは娘であり、長じて剣才豊かな男の子を産んだと風の便りに聞いている。自分の血を引く者ならば必ずや、同胞の守りを託するにふさわしい手練であろう。そなたの祖父御は知り合いの者が日本へ向かうたび、斯様に仰せになられていたそうだ」

「ために、シーボルト……殿は、拙者を名指しされたのか」

「左様。影供《かげとも》を託する者は他にいないと申しておられたぞ」

「影供とな」

「己が影の如く付き従い、命を守ってくれる者を欲しておられるのだ」

身辺に刺客が出没し始め、身の危険を覚えたシーボルトは来日当初にも現地在住の長崎奉行だった高橋に相談し、江戸参府の折には懇意の老人の孫だという「でるてぃーん」に影供を頼みたいと願い出たのだ。

「事実、すでに幾人もの護衛が刺客の手にかかっている。儂も亡骸《おろく》を検分したが、一刀の下に胴を両断する、げに凄まじい剣の遣い手だ」

「……」

「正直に申そう。この儂も一度、敵とは刃を交えておる」

「何と」

「奉行所の朋輩が続けざまに殺《や》られたとあっては、放ってもおけぬ。そこで護衛を志願しシーボルト殿に付いて参ったら案の定、出おった。儂が江戸へ出向く直前のことじゃ」

「して、敵はいかなる手合いだったのか」

「長剣を自在に操る、恐るべき遣い手だったよ。辛うじて防ぎはしたがな、まともに立ち合えば五分と五分だろう。正直、もう一度やって勝てる自信はないな」

「……そのことを、お奉行は」

「存じておられる。なればこそお奉行はなまじの者では到底シーボルト殿を守り切れそうにはないと判じられて、江戸の土方様に根回しをなすったのだ。そなたを呼び寄せるためにな」

聞多の口調に、気負っている様子は微塵もない。

刺客の実力を素直に認め、自分一人では手に余る役目と思えばこそ、シーボルト護衛の任を十三郎と分かち合おうとしているのだ。

そしてシーボルトは、十三郎に全幅の信頼を寄せているという。

聞多をすっと見返し、十三郎は口を開いた。

「……相分かった。シーボルト殿が影供、引き受けようぞ」

そのとき障子戸が軽やかな音と共に開いた。高橋が戻ってきたのである。

「……お奉行。こたびの密命、謹《つつし》んでお引き受け仕る」

十三郎は自分から申し出た。

「よしなに頼む」

感謝の笑みを返す高橋は、何者かを引き連れていた。

「されば、おぬしらに助っ人を一名引き合わせよう……入れ」

陽光の下に、その姿が浮かび上がる。

「あ、あんたは」

「お久しぶりでしたねぇ」

驚く聞多に、女はにっこりと微笑み返した。

優に五尺三寸はある伸びやかな肢体は、胸乳と腰の張りがひときわ目立つ。十三郎一行が旅立つ前夜、江戸の吉原田圃で行き合った女だった。

手甲脚絆《てっこうきゃはん》を着けた旅装束は、道中の埃《ほこり》にまみれたままである。この女もあれから江戸を発ち、一行と時を同じくして長崎に着いていたのだ。

「楓《かえで》と申す。こたびのおぬしらの仕事の影目付じゃ」

「影……目付?」

高橋の言葉に、十三郎の片頬がぴくっと動いた。

「それは、如何なるお役目にござるか」

「おぬしが密命を全うするのを、最後まで見届けてもらうのだ。かような役目に、慣れておる者と思うてもらおう」

高橋が言う通り、この神妙にかしこまっている楓はただの女人ではない。

医者の表看板を掲げつつ、幕府の御用を秘密裏に遂行する隠密なのだ。

かつて八代吉宗《よしむね》の御世に、紀州忍群を中核として組織された御庭番《おにわばん》家も今や形骸化して久しい。

だが、すべての忍びが用済みになったわけではなかった。吉宗の孫に当たる老中首座の松平定信《まつだいらさだのぶ》が多くの隠密を使役し、寛政《かんせい》年間（一七八九〜一八〇一）に江戸市中のみならず諸藩の領内に至るまで密かに探索させたことは、良く知られている。

そして楓は、寛政の改革の折に活躍した隠密の娘だった。

往来勝手の鑑札を与えられ、諸国の患者の許へ出向くことが許された彼女は医者としての表看板を利用し、探索行《こう》に従事していた。長崎奉行の土方と高橋は幕閣の許可を取り付け、楓の身柄を預かったのである。

その目的は鏡十三郎と田野辺聞多の両名が帯びた、シーボルト護衛の任務を支援させることだった。

偶然を装って江戸で顔合わせをさせたのも、土方の差し金なのだ。

三

高橋の計らいにより、出立の日まで十三郎と聞多は市中で待機することとなった。

奉行所の仕事も休んでいて構わぬと言われ、聞多は上機嫌だった。

「儂の屋敷で過ごせば良い。自分の家と思って、ゆるりとしてくれればいいさ」

「まずは、掃除をせねばなるまいがの」

「左様……そなたには浜吉ともども、大いに腕を振るってもらおうか」

「任せておけ」

十三郎と聞多が交わす会話は、打ち解けたものになっている。

三人は、小高い丘の上に出た。

「あ！」

浜吉の指差す空に、凧《たこ》が舞っている。

しばし、三人は立ち止まったまま空を見上げていた。

「……思い出したぞ」

十三郎が、ふと口を開いた。

「そなた、私の大一番にハタを貸してくれたことがあったな」

「そうだったかな」

とぼける聞多に、十三郎は続けて言った。

「これまで忘れておったこと、重ねて詫びる。許せ」

「止せよ」

聞多は、くすぐったそうに言った。

「お前さんの腕、実に見事なもんだったぜぇ」

「左様か？」

「あれからすぐに、元服前《めえ》に江戸へ発っちまったから、知らねぇだろうがな……それまでお前さんをいじめていた連中も、随分と見直したもんだ。一緒に手加減なしでハタをぶっつけ合える、惜しい奴がいなくなったってなぁ」

「そうだったのか」

「がきの頃のことは、恨みっこ無しにするがいいぜ」

「分かっておる……」

十三郎と聞多はしばし押し黙り、肩を並べて空を見上げていた。

「そういえば、武吉《ぶきち》はどうした？」

ふと、十三郎が懐かしそうにつぶやいたのは界隈のがき大将の名前であった。

「ああ、あの暴れん坊かい。お前さんのことをよくぶん殴っていたっけ」

聞多は、可笑しそうに目を細める。

「元服したら素行も良くなってな、二十歳になるかならないかで婿《むこ》に入ったよ」

「それは重畳」

川島《かわしま》武吉は聞多と同じく、長崎奉行所に代々仕える下役の息子だった。とはいえ三男坊の身の上では、まず家督を継ぐことはできない。相手が武家であれ商家であれ、婿養子に迎えられたとすれば目出度い話だった。

「しかしな、鏡」

苦笑を漏らしながら、聞多はおどけた口調で言い添える。

「婿入りの口が見付かったまでは良かったが、奉行所の勘定方の家でなぁ」

「何と」

十三郎は、思わず目を丸くする。

「あやつは幼き頃から、算盤が大の苦手だったであろう？」

「左様、左様」

合いの手を入れつつ、聞多は続けて言った。

「ところが不思議なものでな、今や立派な御算用者《ごさんようもの》よ。おぬしが参ったときには折悪しく帳簿合わせの真っ最中だったからの、引き合わせることもできなんだが……」

「また次の折に、会わせてもらうと致そう」

笑顔で答える十三郎に、屈託の色などは皆無だった。

思い出話を交わす二人の間に、焦れた様子の浜吉が割り込んできた。

「ちょいと旦那方。ハタとか、腕が見事とかって、何のことですかい」

「ま、見ていな」

論より証拠とばかりに、聞多は天空を指差す。

折しも、二基の凧がぶつかり合っている最中だった。まさに、空中戦である。

「凄《すげ》ぇ……」

「長崎では、凧のことをハタと言うのだ。紙の鳶《とび》と書く」

「紙で拵《こしら》えたとんびってわけですかい。なるほど、よっく飛ぶわけだ」

浜吉は感心した声を上げる。

「ああやって、凧糸を切り合うのよ。ま、がきにとっては真剣勝負みてぇなもんだ。その紙鳶揚げで、鏡は五人抜きをやってのけたのさ。いま話した武吉の奴も感心してたっけ」

「なるほどねぇ」

浜吉は、感じ入った様子でつぶやく。

「旦那の腕が立つのは、ヤットウだけじゃねぇってわけだ」

つぶやきながら、浜吉はぶるっと胴震いをした。

「昔を懐かしむのも結構ですがね、このまんまじゃ風邪を引いちまいますって」

浜吉にせがまれた二人は暖を取るべく、丘を下って街中へと向かうのだった。

「この家は、たしか……」

丸山近くの仕舞屋の前を通った刹那、十三郎はふと足を止めた。

今は空き家になっているようだが、瀟洒《しょうしゃ》な構えの家である。江戸の下町にもありそうな、小洒落《こじゃれ》た雰囲気を感じさせた。

「芸者の置屋だったはずだが、違うか？」

「おやおや、良く覚えていたもんだなぁ」

感心した様子で、聞多は言った。

「朴念仁のお前さんにしちゃ、上出来だ」

「まぜっかえすのは止せ。我らが良く一緒に遊んだ、女の子が居《お》った家だろう」

「ああ、お千代《ちよ》坊のことかい。目のぱっちりした、可愛い娘だったっけ」

「今も息災か？」

「もちろん」

聞多は、即座に答えてくれた。

「残念ながら、十八んときに嫁に行っちまったがなぁ」

「……左様であったか」

つぶやく十三郎の口調は先程、この近くにあった生家が疾うに取り壊されていたのを知ったときにも増して、どことなく寂しそうだった。惚れた腫れたといった感情とは違う、何とも切ない想いに駆られていたのであろう。

「ま、がっかりしたのはお前さんだけじゃねぇからな」

励ますように、聞多は肩をぽんと叩く。常にも増して、からりとした口調であった。

「置屋の娘に生まれりゃ、いずれ御座敷に出るのが世の習いだ。いちど芸者になっちまうと、たとえ良縁ができたとしても妾《めかけ》奉公って相場が決まってらぁ。大店《おおだな》の若旦那に嫁ぐことができたんだから、良しとしようや」

「うむ」

答える十三郎の声色も、すっかり明るさを取り戻していた。

「ねぇねぇ旦那方」

浜吉が、頃や良しと見た様子でねだってきた。

「こう寒くっちゃかないませんや。思い出話をなさるんならどっか一杯呑めるとこに早く連れてっておくんなさいよ。どうせなら色っぽい仲居なんぞがいる店《とこ》に……」

と、そこに割り込んでくる声が聞こえてきた。

「また会えましたね、皆さん」

「そなたは……」

思わず言葉を失う十三郎の横で、浜吉は無邪気な声を上げた。

「あんた、吉原田圃で出っくわした別嬪《べっぴん》さんじゃねえのか!?」

それにしても公儀の影目付がなぜ、出立前というのにまた現れたのか、

「そう邪険な目でご覧にならないでくださいましな、鏡様」

楓は、さらりと言った。

「さっきは高橋の殿様の前でしたから大人しくしておりましたが、道中をご一緒する前にぜひ一度、皆さんと腹を割ってお話ししたいと思うておりましたの。それに私は江戸ではじめてお目にかかったときも正体を偽っていたわけじゃなくて、本当に医者なのですよ」

「されど、そなたは遠国《おんごく》御用の影目付で旅暮らしの身なのでは……」

聞多が不審げに問い返すや、楓は言った。

「諸国往来のお許しを、御上より頂いておりますの」

「なるほど。医者ってぇのも、いろいろとあるもんですねぇ」

女の正体を知らない浜吉は、感心した様子でつぶやく。

楓は江戸の吉原近くに居を構えつつ、諸方からの依頼に応じて自由に旅をしながら療治に当たっているという。隠密御用の隠れみのを兼ねてのことだった。

「それで我らと時を同じくして、この長崎へお出でなさることも叶《かの》うたのか」

慇懃《いんぎん》な口調で問うたのは十三郎ではなく、聞多だった。

「はい。皆様とお別れした後、すぐに江戸を発ちました」

「なるほど。そなたに尾《つ》けられておるとも知らぬまま、儂らは恥ずかしいところまで見せてしまっておったというわけか。まるで気付かなんだぞ。いやはや面目ない」

聞多は照れながらも、打ち解けた態度になった美人を前にしてすっかり上機嫌である。

「ところで旦那方」

浜吉が、ふと真面目な顔になって言った。

「馬関の海峡を越える前に、これから先のお役目ってのがどうやら命懸けになるってことは腹をくっておりやすがね、どうして楓さんが影目付とやらでくっついてきなさるんで?」

「目付とは見届け役。つまり、容易には気が許せぬ者というわけだ」

むっつりと答える十三郎だが、浜吉はこたえなかった。

「いいじゃありませんか。こんな別嬪と一緒に道中できるってんなら申し分ありやせんや。さ、早いとこ参りやしょう」

奇縁《きえん》で知り合った一同は、丸山町で酒杯を交わすことになった。とはいえ、女連れで登楼するわけにもいかない。楓と思いがけない再会を果たした聞多はすっかり折り目正しくなり、遊廓門前の小綺麗な料理屋に皆を案内した。

じっくり腰を据え、地元の利を生かして口説こうという積もりなのだろう。

「みんな長崎は初めてなんでな、喜んでもらえそうなもんをどんどん持ってきてくれ」

小上がりの座敷を取った聞多は気前よく、店の小女《こおんな》に酒肴を注文する。

あご（飛び魚）の干物をほぐした小鉢を皮切りに、伊勢海老《いせえび》のつみれを胡麻油で揚げた海老餅、薄切りにしたからすみといった名物が卓上に並べられていく。

「ささ、存分にやってくだされ」

酒宴が始まった。

「さ、おひとつどうぞ」

「忝《かたじけ》ない」

楓の酌を十三郎は慇懃に受けては返杯する。

もう小半刻も差しつ差されつしているのだが、共に顔色ひとつ変わってはいない。

十三郎が上戸なのは聞多も承知していたが、外見に似合わず楓もなかなかの酒豪であるらしい。これでは体よく酔わせて、介抱してやろうという目論《もくろ》みも水の泡だった。

となれば、残る男同士で傷を舐め合う以外にないだろう。

「浜吉よぉ、別嬪の顔ばかりじろじろ見てねぇで、どんどん呑《や》んな」

「そうさせていただきやすよ、田野辺の旦那」

卓上に、たちまち幾本もの酒器が並んでいく。

床の間には紅白の梅枝を飾った鍋島《なべしま》染付の花器が、藍色も鮮やかに鎮座している。

しかし哀しいかな、愛《め》でてくれる者は誰もいない。聞多と浜吉は楓に見惚れており、十三郎はまだ彼女に心を許さず、黙念と杯を重ねるばかりだった。

「田野辺様」

ふと、楓が朱唇を開いた。

「うん？」

期待を込めた聞多の耳に艶めかしい、しかし素っ気ない一言が届く。

「もうすこし、肴《さかな》をお願いしてもよろしいですか」

「左様か。されば、女将に見つくろってもらうと致そう」

渋い顔になった聞多は障子を開き、わざとらしく厳めしい口調で呼ばわった。

「客人が酒肴の追加をご所望じゃ。早う参れ」

と、その表情が凍り付いた。

声を耳にして聞多がいることに気付いたのか、土間から何者かが近寄ってくる。小座敷に一同が上がったとき挨拶しにきた上品そうな中年の女将ではない。いかつい顔をした小柄な老爺だった。

齢は疾《と》うに六十も半ばを過ぎているだろう。顔も手足もまるく福々しいが堅太りの質と見えて、肥満しているという印象はない。

茶無地の綿入れに緑染めの博多帯を締め、黄八丈《きはちじょう》の半纏《はんてん》を重ねている。江戸表では安価な模造品の博多帯が幅を利かせていたが、この老爺が貫禄のある胴回りに締めているのは本場ならではの独鈷華皿《とっこはなざら》の織りも見事な、献上帯に違いなかった。

「若！」

開口一番、老爺は胴間声《どうまごえ》を張り上げる。

「おいば差し置いて、何ばしよっとですか！」

皺《しわ》張った顔を強張らせている。

「げ、源造《げんぞう》か!?」

聞多が上げる声も心なしか震えていた。

源造と呼ばれた老爺は、納まらぬ様子で言葉を続けた。

「こんおいにお供もさせずに江戸くんだりまでお出かけにならはったばかりか、お帰りんさった知らせも無しに丸山通いとは、随分じゃなかとですか」

「す、すまぬ」

聞多は、素直に頭《こうべ》を垂れた。

隣では、浜吉があんぐりと口を開けている。十三郎と楓も、一様に驚きの表情を浮かべていた。

ばつの悪い表情で聞多は続けて言った。

「とにかく、お前も入れ」

「へえ」

十三郎たちに一礼し、源造は座敷に上がってきた。

「さ」

手ずから酌《しゃく》をしてやろうとする聞多を押し止め、源造はしかめっ面で重ねて告げる。

「まずは、約束してくんしゃい。二度と、おいを蔑《ないがし》ろにしないと」

「分かっておる」

詫びる聞多の手から、そっと源造は酒器を取った。

「じゃ、仲直りと参りましょうばい」

「うむ」

杯を満たしてもらった聞多は、改めて源造に酌をしてやる。

二人が慎ましやかに杯を交わす様を、十三郎と浜吉、そして楓は相変わらず啞然としたままで見つめていた。

「源造さんでしたね」

場を執《と》りなすように楓が朱唇を開いた。

「よろしかったら駆け付け三杯、お呑みになってくださいよ」

「おうちは、誰ね？」

向けてくる視線は、どことなく険《けわ》しい。

「名前は？　生国《しょうごく》は、どこね」

齢を感じさせない胆力が、精悍な双眸には秘められていた。

「おお、怖い」

楓は酒器を手にしたままさらりといなして、

「こう見えても医者ですよ。田野辺様とは、江戸で一度お目にかかっております」

「それじゃ、若が世話んなんなすったとね？」

「まぁ、お世話というんですかねぇ……別嬪だってお褒めに預かっただけですよ」

「そいは申し訳なかことですたい」

源造は、たちまち恐縮した表情を浮かべた。

「若は仕事ばようお出来になんなすっとですけんど、女癖の悪かとが玉に瑕《きず》ですたい。ご迷惑ばおかけしたんなら、このおいがお詫び申し上ぐっとです」

「まぁまぁ、頭をお上げになってくださいよ」

執りなしながら、楓はそっと酒器を向ける。

歓談を始めた二人を横目に、十三郎は聞多の腕をそっと小突いた。

「あの老爺は何者だ、田野辺？」

「うむ……」

苦り切った様子で、聞多は言った。

「同心に手下《てか》が要《い》るのは、江戸も長崎も同じことでな。源造は死んだ父の代から、我が家に仕えておるのだ。中間はお払い箱にしたが、あやつは強情でな……給金も遣《や》っておらぬのに守《も》り役よろしく儂の世話を焼きたがるのだ」

「されば、あの老爺は岡っ引きなのか」

「この長崎でも古株でな。腕は立つがなかなか五月蝿《うるさ》い」

十三郎の問いかけに、聞多はぼやきまじりに答える。

するとし、野太い声で、

「ご挨拶が遅れてもうて、すんまっしぇん」

膝を揃えるや、源造は慇懃に名乗りを上げた。

「田野辺聞多様より手札ば預かっとります、源造ですたい」

と、後ろ腰に差していた十手を抜き取る。

科人《とがにん》を捕縛するのに欠かせない捕具《ほぐ》であり、捕物御用に携わる者の立場を証明する十手には、さまざまな種類がある。

正規の役人ではない岡っ引きの持つ十手は、房なしの坊主十手だ。総鍛鉄《たんてつ》製の棒身は、全長およそ一尺五寸（約四五センチメートル）。同心が武装した科人を相手取っての捕物出役にのみ装備する、二尺一寸（約六三センチメートル）物の長《なが》十手に比べれば短いが、平素の捕物には申し分のない仕様である。

つやつやと黒光りした棒身は、日頃からの手入れの良さを窺《うかが》わせる。持ち物ひとつを見れば、その者の性根も自ずと察しが付く。

十三郎は、すっと居住まいを正した。

「拙者は鏡十三郎。この者は、浜吉と申す」

「よろしゅう頼んます」

応じて一礼すると、源造は続けて問うた。

「おうちが、若の助っ人ね？」

驚いたのは問われた十三郎よりも、むしろ聞多のほうだった。

「お前、何故に儂の御用を知っておるのか？」

「甘く見んとってくんさい」

源造は、鼻をこすりながらうそぶいた。

「若んことは、おむつばしてなすってた頃から何でん知っとっとです。幾《いく》つにならはっても世話ば焼きたくなるんは、当たり前ですたい」

「嘘をつくな。これはお奉行と我ら四人しか知らぬことぞ」

「実を申せば、お奉行の高橋様から言い付けられたとです。若とお江戸の人を、道案内として助《す》けてやれってね」

「……そうだったのかい」

さすがの聞多も、奉行の名を出されては追い返せない。

「皆承知してくれるか」

苦り切った様子で言う聞多の口調は、どことなく弱気だった。

「致し方あるまい」

答える十三郎の横顔には、いつしか幽《かす》かな笑みが浮かんでいた。この源造も、そして楓も頭から疑ってかかるのではなく、まずは付き合ってみてから人となりを見定めればよいのではないか。そう思い始めていたのだ。

江戸を発ったばかりの頃の生硬さを思えば、驚くべき反応だった。

「それじゃ源造さん、私もご一緒させていただけませんかしら？」

楓が、おもむろに朱唇を開いた。

「何ば言うとね!?」

驚いたのは源造だった。

「女人の身で、こげな危なか道中について来られるはずがなかっ」

「私も高橋様から、頼まれたんですよ。医者として影供の旅に加わってほしいってね」

「おうち、ほんとに医者ね？」

「はい」

用心深く問いかける源造に、楓は言った。

「私は昨年まで、鳴滝塾で医術を学ばせていただいていたんですよ。その折には田野辺様のこともお見かけしておりました」

「左様であったのか。気付いておれば、綾を付けずには捨て置かなかったものをのう……」

「戯《ざ》れ言はそのあたりにしんしゃい、若」

苦笑を浮かべつつ、源造は聞多の肩を叩く。

「そんな次第なら、否やはなか。よろしゅう頼むっとたい」

「有難うございます」

一礼する楓を眩《まぶ》しげに見やりつつ、十三郎は頷き返す。

十三郎は、居並ぶ一同を改めて見回す。

喧嘩っ早く、それでいて情にもろい渡り中間。

謎めいた美貌の女医者。

老いてなお血気盛んな岡っ引き。

そして、図らずも幼馴染みだった長崎奉行所の町同心。

これはまさしく奇縁だと、十三郎は思った。

「……田野辺」

「うむ？」

「こたびの役目、必ずや共に果たそうぞ」

切れ長の双眸が笑っている。

それを見て取った聞多は、ふっと微笑み返す。

「もとより、承知の上だよ」

二人は、同時に視線を転じた。

源造はと見れば、すっかり楓と意気投合したらしい。浜吉を交えて、三人で賑やかに杯を重ねていた。

「されば田野辺、ここはオランダの流儀で参ろうか」

「うむ」

聞多は酒器を取る。

「源造、ひとつ皆で乾杯《カンペイ》といこうぜ」

「よかとですたい」

にっと頰を緩める源造に、聞多は笑顔で告げる。

「けどなぁ、絶対に道中で無理だけはするんじゃねぇよ。約束だぜ」

さりげなく説き聞かせながら聞多が老爺の杯を満たしている間に、十三郎は楓と浜吉に酌をしてやっていた。

「かんぺいって何ですかい」

「席を同じゅうする者の無事を願い、時を同じくして杯《さかずき》を干すことだ」

十三郎はすかさず答える。

「固めの杯みたいなものよ、ね？」

「そいつぁいいや」

楓の説明にたちまち浜吉は喜色満面になった。

笑顔の一同を見回すと、十三郎は目の高さに酒杯を掲げ持つ。

「乾杯！」

それは孤独な男が生まれて初めて他人に示した親愛の情であると同時に、合縁《あいえん》奇縁で命を預け合うに至った無二の仲間たちへの、不退転の決意の表明だった。

江戸に居た頃の十三郎を知る者が見れば、さぞかし驚くことだろう。

だが、今や十三郎は己が過去から目を背けることを止めていた。

第五章　シーボルトとの対面

一

一月九日（陽暦二月十五日）。

オランダ商館長付の医師、フィリップ・フランツ・フォン・シーボルト（ジーボルト）を含む江戸参府一行は、夜明けと共に出島を発った。

一行の内訳はオランダ人三名、日本人五十四名の計五十七名。商館長とシーボルト、助手の薬剤師は駕籠に乗り、日本人は士分の者が騎馬で、町人身分の小使《こづかい》や賄方《まかないかた》は道中用の荷駄を押して後に続く。

足並みを揃え、十三郎たちも長崎を後にする。

参府一行との距離は、一町（約一〇九メートル）を基本とした。できればシーボルトの傍らにぴったりと寄り添って道中したいところであるが、商館長付の医師が日本の刺客に狙われていると一行の他の者にまで知れてしまっては、うまくない。

影供として、目指す地は小倉《こくら》である。

江戸からの往路で十三郎が辿ったのと逆に、江戸参府の一行は長崎街道を小倉まで陸路で行き、馬関海峡を越える。そこから先は、街道筋の諸藩に護衛の任が引き継がれることになっていた。

だが、この長崎街道を無事に踏破できるかどうかが問題だった。

「敵は、余所者《よそ》じゃあるまいよ」

聞多の読みは、町同心としての経験に裏付けられていた。

「小道一本に至るまで、町ん中のことを知りすぎてやがる。長崎育ちの俺《おい》らを出し抜いて一度も尻尾を掴ませねぇなんて芸当は、畏《おそ》れながら御庭番衆でも無理だろうよ」

「そなたが斯様に申すならば、間違いあるまい」

すでに、シーボルト一行の宿泊地は確定されている。

今夜は諫早《いさはや》。

明晩、一月十日は彼杵《そのぎ》。

一月十一日、柄崎《つかさき》。

一月十二日、神崎《かんざき》。

一月十三日、山家《やまや》。

一月十四日、木屋瀬《こやのせ》。

一月十五日、小倉。

そして、翌十六日中には船で赤間ヶ関へ渡ることになる。

七泊八日の旅程を無事に全《まっと》うさせることが、影供に課せられた使命なのである。

「ま、のんびり行こう」

街道へ踏み出した聞多の第一声は、いかにも彼らしいものだった。

「ったく、頼りねぇなあ旦那は」

「硬くなるなってことだよ」

ぼやく浜吉を、聞多は軽くいなす。

その装いは町同心の恰好から、旅の武士のものに改められている。これならば十三郎と並んで歩いても、武者修行者としか思われないことだろう。

むろん五人は連れ立って行くわけではなく、距離を置き、それぞれ独り旅を装いながらの道中である。一見したところ接点の無さそうな者と見せかけたほうが、姿なき敵の目を眩《くら》ませるのにも都合が良いのだ。

出張専門の医者である楓はむろんのこと、源造も旅には慣れていた。

源造はお手配中の科人を発見すれば、即座に草鞋《わらじ》を履いて追捕《ついぶ》することも珍しくはない稼業の男だ。若い頃には江戸まで追跡行をやってのけ、単独で科人を捕らえたことも一度ならずあったという。

一方の楓は江戸で着ていたのと同じ鮫小紋の裾をちょいとはしょり、脚絆を覗かせている。埃《ほこり》よけと防寒を兼ねた女物の合羽をはおり、帯前に綾袋《あやぶくろ》入りの短刀を差し、手ぬぐいを姉《あね》さんかぶりにしていた。薬箱は道中の荷物と一緒に風呂敷にまとめて背負っている。

「小倉なら、ほんのひとまたぎたい」

源造はもともと頻尿ぎみらしく、ちょいちょい小用《こよう》に消えては一行をやきもきさせるのが難と言えば難だが、足の運びは頼もしいものだった。

さらに妙齢の美女が加わったことで、一行の雰囲気は随分と和らいでいた。

「どうぞ、鏡様」

行列の小休止に合わせて足を休めるとき、水を勧めてくれる手付きひとつを取っても何ともなまめかしい。

十三郎はといえば、今日は素っ気ない。道中の道連れとして認めてはいても、影目付と馴れ合ってはいけないと自重しているのだ。

「忝ない」

淡々と一言返しただけで、竹筒の水を黙然と啜《すす》るばかりであった。

それを見た聞多はさっそく、行動に出た。

「俺ではどうだ？　男は見た目より愛敬だからの」

「はばかりさま」

ちょっかいを出したところで、相手にする楓ではない。

「ま、気長に付き合ってくれよ」

めげることなく言い置くと、聞多は腰を上げる。シーボルト一行が動き出したのだ。

源造と浜吉は、聞多を主人と仰ぐ同士で何かと張り合っていた。一人が先に行けば、負けじと追い付こうとする。常に行列との間隔を保ちながら道中をしなくてはならないにもかかわらず、どうにも直らない。

「いい加減にせえ」

「鏡の旦那は、どうぞお先に行っておくんなさい」

十三郎が意見しても、浜吉はどこ吹く風だった。

とはいえ、旅慣れている点では源造のほうが上である。

「……疲れた」

音を上げた浜吉が街道脇でひっくり返っていると、源造がやって来た。

「異人さんたちもちょうど茶店に入ったところたい。甘いもんば、食べんとね」

「そいつぁ有難えこったが、俺らの舌は肥えてるぜ、とっつあん」

うそぶく若者に、源造は余裕の笑みを見せる。

差し出されたのは、竹ひごを編んだ弁当箱だった。

「こいつぁ、おいの手作りたい」

弁当箱の中には茶色っぽい塊が鎮座していた。ご丁寧に庖丁で切れ目が入れてある。

出立の前夜、皆で泊まった田野辺家の組屋敷の台所で、何やら作っていたことは浜吉も知っていた。道中の備えに、疲れが取れる甘味を準備していたのだ。

「一切れ、食ってみんとね」

勧められるがまま浜吉はつまんでみる。

「ふぅん……随分と、甘ぇもんだな」

「そりゃ、そうたい。おいの芋餅は、特製たい」

源造は、自慢げにうそぶいた。

「どういうこった、とっつぁん？」

「ただ、芋粉を丸めて蒸かしただけじゃないってこったい。当ててみい」

「うーん……」

しばし考えた後、浜吉は言った。

「分かったぜ、しこたま砂糖を入れてるだろ?」

「当たりたい。こん長崎に、おいほど甘味に奢《おご》っている者はおらんとよ」

「なるほどなぁ……。見直したぜ、とっつあん」

江戸の水に馴染んだ浜吉は、甘いものにはうるさい。

高価な蒸し羊羹《ようかん》には及ばないが、十分すぎるほどの甘味に満ちた芋餅は若い浜吉にも好きになれそうな味だった。

「とっつあん、それじゃ行こうか」

「若いもんには、まだまだ負けんとよ」

草鞋の紐を締め直した浜吉と源造は、再び先を争い始める。

陽は、次第に西へと傾きつつある。

シーボルト一行の今宵の宿は、街道筋に位置する浄土真宗の山寺と決まっていた。

一行の小者たちは馬と荷車を引いていく。異人の三名は人目に付かぬように駕籠ごと玄関へ乗り入れたため、無事らしいと分かってはいても顔を見ることはできなかった。

むろん、影供の五人は表立って同宿するわけにはいかない。一行が投宿した後に密かに寺の境内へ忍び込み、見付からぬようにシーボルトを護衛することになる。

事情を知らない者に見咎《とが》められれば、騒ぎになるのは必定だった。しかし己が存在を明るみに出してしまっては、影供の意味が無くなってしまうのだ。

僧たちが勤行《ごんぎょう》している隙を狙い、五人は本堂脇の納屋に忍び込んでいく。

時は暮れ七つ（午後四時）。もう一刻（約二時間）もすれば夕餉《ゆうげ》の匂いが漂ってきそうな頃合いである。

「飯も振る舞ってもらえんとは、まったく、影の御用ち辛《つら》いもんたい」

「辛抱せえ」

ぼやく源造の肩を、聞多は優しく叩いてやる。

「我らは人目に立つわけにはいかぬ、影の身ということで道中しておるのだ。しんどいのは皆同じぞ、源造」

十三郎は、さりげなく言い添えた。

「おぬしの芋餅をつなぎにさせてもらえば皆、十分に朝まで保《も》つ。頼りにしておるぞ」

「おだてっとは、止してくだっさい」

面映《おもは》ゆそうに答えながらも、源造は満足そうに微笑むのだった。

納屋に身を潜めた一同は、すぐさま交代で仮眠を摂ることにした。

それから一刻。

聞多と交代した十三郎は独り、入口のところに座して見張りをしていた。

今し方目を覚ましたところだが、完全に醒《さ》めている。

すでに日は暮れていたが、兵法者はふだんから夜目の利くように修練を積んでいるので夕闇も苦にはならない。

本堂脇の炊事場から、精進料理の煮物らしき匂いが漂ってくる。シーボルトたち三名については同行の賄方が炊事をすることになっているとのことで、寺僧たちは口にできない生臭物《なまぐさもの》などを別棟で料理しているのだろう。

「………」

十三郎は表の様子を見るため、木戸をあらかじめ五分（約一・五センチメートル）ほど開けておいた。

今のところ、変わったことは何もない。

夕闇に包まれた広い境内に時折、小さな影が走り抜けていく。

「……野兎か」

鞘ぐるみの愛刀を肩にもたせかけた格好のまま、十三郎はつぶやく。

緑豊かな地だけに、界隈《かいわい》には狐狸《こり》も多い。獣がいることには気付いても、宵闇の中では何なのかまでは容易には見て取れない。しかし十三郎は一町（約一〇九メートル）以上も離れていながら、耳の大きさまで正確に見て取れるのだ。寺の境内は実に広々していた。

藁《わら》にくるまっていた源造が上体を起こした。

「どうしたい、とっつあん？」

横にいた浜吉が小声で問う。

「小便たい」

源造は納屋を出ていこうとする。

その襟首が、ぐいっと引っ掴まれた。

「何ね、鏡の旦那!?」

十三郎は無言で首を振って見せる。

身振りで非常事態を示されるや、聞多と浜吉はさっと動き出す。

聞多は、懐に忍ばせていた十手を握る。

浜吉は、すでに長脇差の鞘を払っていた。

江戸からの道中では挟箱を担いでくるのに精一杯で、刀身が一尺（約三〇センチメートル）そこそこの道中差すら、帯びずに過ごしてきた浜吉である。
しかし影供に加わるには、丸腰では話になるまい。浜吉は源造に紹介してもらった町の古道具屋で、一尺八寸（約五四センチメートル）物の長脇差を買い求めてきたのだ。

源造も緩みかけた博多帯を締め直し、後ろ腰に十手を落とし込む。

使い込まれた坊主十手が、天窓から差す月明かりに鈍色《にびいろ》の光を放った。

「そなたは出るな」

起きかけた楓を押し止め、十三郎は納屋の戸をすっと開ける。

聞多、そして浜吉と源造も無言で後に続いた。

一群の侍が、本堂へ忍び寄っていくのが見える。

（ざっと十人か）

総数を見て取った十三郎は、静かに一団の側面へと迫った。

皆、木綿物の長着と袴を着けている。一人として同じ装いの者はいないが、竹田頭巾で面体を覆《おお》い隠している点だけは同じである。

広い境内に分散した襲撃者が目指す先は、シーボルトが泊まる本堂の一室だった。

皆、旅装を解いて部屋で寛《くつろ》ぎつつ、夕餉が供されるのを待っている頃合いだ。

むろんシーボルトたちも剣を帯びて武装してはいるはずだが、道中で汗に濡れた着衣を替え、屋内で丸腰になっている最中を襲われては、ひとたまりもない。

十人の襲撃者は三々五々、両の手を左腰に伸ばしていく。

「待て」

十三郎はその一人の背後に立つや、

「シーボルト殿を狙うは、何故か」

と問いかけたとたん、横一文字の抜き付けが襲ってきた。対手は居合の遣い手だった。

しかし、これは擬態に過ぎない。後に続く真っ向斬りの二の太刀こそが居合術における必殺を期した斬撃なのだ。

小野派一刀流の剣を修めた十三郎は、すべてを見切っていた。

二尺四寸物の刀身が、急角度で鞘から迸《ほとばし》り出る。後方へ一歩下がりながら刀を抜き上げ、殺到する二の太刀——真っ向斬りを受け流したのである。受け流しは斬ってきた敵の勢いを殺し、体勢を崩させて反撃に転じることを目的とする防御法である。

よろめく刺客に、十三郎の手練の峰打ちが打ち込まれた。

だが、男は倒れない。首筋の急所を一撃されながらも動じることなく、鋭い突きを見舞ってくる。

「む⁉」

とっさに十三郎は後方へ跳び退《すさ》る。もう一寸（約三センチメートル）も飛距離が足りなければ、脾腹《ひばら》を貫かれていたことだろう。

「……」

十三郎は構えを取り直した。

中段に取った刀の剣尖は、対する男の喉元に向けられている。気迫を込めて、一歩踏み出す。応じて、男もじりりっと前進してくる。

この男たちは最初から、斬られることを恐れてはいない。だから峰打ちでは気を失うこともなく、倒れなかったのだろう。

ならば斬らねば、自分が斃《たお》される。そう悟った刹那、十三郎は腹を括《くく》った。これまでに一度として、人を斬ったことのない十三郎である。

考えるよりも先に、五体が動いていた。

「……！」

無言の気合いを発しながら、男が殺到してくるのが見えた。

八双《はっそう》の構えから振り下ろされた刀身が、月明かりに光る。

同時に、十三郎は刀を下段から上段へと斜めに振り上げる。

闇の中に二度、鈍い音が続いた。

最初の音は、人体を骨身まで斬り割った逆袈裟斬りの刃の響き。後から遅れて聞こえてきたのは、十三郎の二の太刀――袈裟斬りを受けた刺客が地に崩れ落ちる音だった。

一瞬の勝負を、十三郎は鍛え上げた剛剣の二振りを以て制したのだ。

「ふう……」

荒い息をつきながら、十三郎は刀身を斜めに振った。

血を払った刹那、前方から新手の刺客が駈けてくる。

「ヤッ」

十三郎の刀身が閃《ひらめ》いた次の瞬間、第二の刺客はみぞおちを深々と貫かれていた。

十三郎が側面を突いた機を逃さず、聞多たち三人は正面から敵を迎え撃っていた。

「き、来やがれ!」

浜吉は前かがみになりながら、長脇差を振りかざす。

膝が小刻みに震えていた。

「と、とっつあん」

思わず、浜吉は声を上げていた。

「た、助けてくれー!」

だが、頼みの源造にも余裕は無かった。

「来んとね！」

胴間声を上げつつ、源造は眼前の刺客を迎え撃っている。

握った十手の棒身を、右の二の腕に這わせるようにして構えている。

重たい金属音を上げて、棒身と刃が激突した。刃と噛み合った棒身が、ぎちっと鳴る。

わずかでも角度がずれれば、源造は即座に腕を斬って落とされることだろう。しかし、源造のごつい顔には、些《いささ》かの恐怖の色も浮かんではいない。

「来んね」

低い声で呼ばわるや、源造は十手を押しこくる。存分に腰を入れ、体重を乗せての圧迫に、刺客の五体がわずかに揺らいだ。

棒身と合わせた刃を、源造は離そうとはしない。わずかでも離れた瞬間にはたちどころに腕を断たれ、斬り倒されるからだ。

上体を合わせるようにして、源造は刺客をじわじわと押していく。

刀の柄を握った手がわずかに震えたのを見逃さず、老練の岡っ引きは一気に攻めへと転じた。

「ふん！」

腹の底から気合いを発し、頭から体当たりを喰らわせる。

鼻柱の潰れる、ぐしゃりという音がした。思いきり頭突きを浴びせられた刺客が、ぶっと鼻血を噴き出す。

刀を持つ者と相対《あいたい》するときには十手を合わせたまま押していき、足を踏みつけるか唾を吐きかけて不意を突くのが、岡っ引きの常套手段といわれる。源造はどっしりした体格を利し、頭突きで倒す一手を得意としているのだ。

聞多もまた十手を振るい、当て身で二人目の刺客を悶絶させたところだった。

たとえ峰打ちが通じずとも生身の人間である。聞多や源造のように急所を思い切り一撃する手で来られては、悶絶せずにはいられない。

「ふたり……」

倒した者の数を勘定する余裕さえ、聞多は持ち合わせていた。

まだ、刀は抜いていない。

「旦那ー!!」

浜吉の悲鳴が聞こえてきた。

長脇差を打ち払われ、逃げまどいながら朱鞘をぶんぶん振り回していた。

無我夢中で下緒《さげお》をほどき、帯の間から抜き取ったのだろう。

鉄輪《かなわ》を嵌《は》めて補強された鞘で打ちかかっても割れてしまうことはない。補助武器として十分に使えるように作られているのである。だが、この体たらくでは、立ち向かっても返り討ちにされるのは目に見えていた。

「た、助けて……」

我を見失っている浜吉を、刺客は執拗に追っていく。

「わっ、わっ」

背中をかすめる刃の感触に、浜吉は総毛立つ。

冬物の厚地の着物の上から切り裂かれた程度のことで、肌身にまでは達しなかった。

だが、刃の感触が紙一重で伝わってきた浜吉は堪らない。

おびえながら走っているうちに、足元がもつれた。

「うわ!?」

浜吉がすっ転ぶ。

その頭上に刀が煌《きら》めいた刹那、刺客の双眸が見開かれた。

眉間に、黒光りする刃が突き立っている。

聞多が馬針《ばしん》を放ったのだ。疲弊した馬の脚を瀉血《しやけつ》するのに用いられたことから呼称がついた馬針は、総鉄製の両刃《もろば》の手裏剣である。

聞多は小刀の差裏《さしうら》に、実戦仕様の手裏剣を仕込んでいたのだ。

しかし、まだ刺客は息絶えてはいない。

へたり込んだ浜吉に、振りかぶったままの凶刃を叩き付けようとしている。

聞多が突っ走り、定寸の刀身が鞘走った。

刺客の右脇腹に、ずんと刃が食い込む。

抜き打ちの中でも刃筋《はすじ》が定まりにくく最も難易度の高い、逆袈裟斬りである。

手裏剣術には先に飛剣《ひけん》を放ち、続いて刀を振るってとどめを刺す戦法がある。

今、聞多が示したのがまさにそれだった。

「大事ないか」

遅れて走り寄ってきた十三郎は驚きを禁じ得ない。

これまで、一度としてまともに立ち合おうとはしなかった聞多がついに刀を抜き、手練《てだれ》の技を見せたのだ。

「おぬしこそ、無事で何よりだ」

つぶやきながら、聞多は愛刀に拭いをかける。

境内の剣戟の響きは止んでいた。

「引き上げたか……」

血臭の漂う中、聞多は納刀しながら油断なく周囲に視線を向けている。

「鏡、そちらは？」

「三人だ」

答える十三郎の後方に事切れた襲撃者たちが倒れ伏しているのが見える。

「さすがだの」

それを確かめつつ、聞多は言った。

「儂も三人。残りの連中は逃げ去ったようだの……」

「うむ」

と、二人の背後から黒い影がそろりと迫ってきた。

まだ一人、伏兵が残っていたのである。

血塗れた地面を這うようにして、そろそろと間合いを詰めてくるのに、二人は気付いていない。

刹那、さっと一陣の風が巻き起こる。

すんでのところに割って入ってきたのは、楓だった。かぶっていた手ぬぐいが飛び、艶やかな黒髪があらわになっている。

「む⁉」

「楓殿っ」

十三郎と聞多は背後へ向き直ると同時に、刀を構える。

そのときにはもう、楓は刺客の正面に立ちはだかっていた。

「鋭《えい》っ！」

楓に真っ向斬りを浴びせんとした刺客の足元を、旋風の如き蹴撃が襲う。

鮫小紋の裾を舞わせ、楓が足払いをかけたのだ。

羚羊《かもしか》の如き脚には、屈強の刺客を一撃で打ち倒す威力が秘められていたのである。

道中するときの女人は着物の裾をはしょっている。だからこそ可能な動きだった。

仰向けに倒された次の瞬間、刺客のみぞおちに拳がずんと打ち込まれた。

楓の表情は変わらない。

息ひとつ乱していないばかりか、痙攣《けいれん》する刺客の口に手ぬぐいを嚙ませて、自害を防ぐことさえやってのけている。

「口を割らせますか……」

ほつれた黒髪を掻き上げつつ、十三郎と聞多に呼びかける。

と、楓の表情が強張った。

槍がぐあんっと唸りを上げて楓めがけて飛んできたのだ。

「姐さん!」

「危なかっ」

遅れて駈け付けた浜吉と源造が口々に叫んだとき、楓は宙に舞った。

着物の裾が割れ、脚絆を巻いた足が覗く。高々と五尺(約一五〇センチメートル)余りも跳躍し、槍をかわしたのだ。

ぐさり。

槍が刺客の胸板に突き立つ鈍い音が、一瞬遅れて聞こえた。

閉じていた目を、浜吉と源造は恐る恐る開いた。

「大丈夫よ」

楓は、静かに微笑んでいる。

「その場跳びで、身の丈ほども舞うとは……」

十三郎は思わず、感嘆のつぶやきを漏らさずにはいられない。

血臭を孕《はら》んだ風が、無人の境内を吹き抜けていく。

すでに、生き残りの刺客たちは姿を消していた。

投げ槍で口を封じられた一人を除いては亡骸まで運び去られ、跡形もなかった。

実に、見事な撤収ぶりであった。

本堂から息せき切って、シーボルトに随行する正規の護衛たちが走り出てくる。

「な、何事じゃ、これはっ……」

「お騒ぎ召さるな、御一同」

すかさず前に出たのは、聞多だった。

「そなたらには秘しておったが、我らは高橋様より直々に拝命した影供じゃ。刺客どもは退散した故、皆を落ち着かせていただこう」

二

江戸参府一行の騒ぎは、程なく収まった。

「お騒ぎ召さるな！」

そう言って聞多が本堂へ走り、刺客たちを撃退したことを直に報告したからである。

それでも事態をまだ飲み込めていないらしい商館長のスチュルレルと思《おぼ》しき異国人の甲《かん》高《だか》い声が幾度か聞こえていたが、本堂を慌ただしく行き交っていた人影もやがて消え、境内は再び静寂に包まれた。

影供の一同も納屋に引き上げ、ほっと一息ついていた。

「何はともあれ、一杯いきんしゃい」

どこから手に入れてきたのか、源造は茶碗を皆に配る。

続いて取り出したのは、一升徳利だった。

「こいつぁ有難ぇ。ご馳走《ち》になるぜ。それにしてもとっつあん、いつの間に？」

「さっき寺男に銭ば握らせて、分けてもらったとたい。寺に般若湯《はんにゃとう》は欠かせんけんね」

ほっとした様子で、源造は言った。

「こそこそ隠れていることもなくなったけん、後で食いもんも貰《もら》ってくるとよ」

「それは助かるわ、源造さん」

楓も、ほっと顔を綻《ほころ》ばせる。

つい先程、見事な手際で仲間の危機を救った女傑と同一人とは思えぬほどの華やかな笑顔であった。

そこに聞多が戻ってきた。

「儂らの素性、明かさざるを得なかったよ。まぁ、かくなる上は開き直って参ろう」

茶碗酒を一息に空けるや、聞多は言った。

「なぁ、鏡？」

「うむ……」

十三郎は生返事をするばかりで、茶碗の中身も一向に減っていなかった。

「そなたらしくもないな。はきと申せ」

重ねて聞多に問いかけられ、十三郎は重い口を開いた。

「私はな、田野辺。影のままで居たかったのだ」

「え？」

「カピタンはもとより、シーボルト殿にも知られぬまま、務めを全うできれば何のこともなかったが……こうなれば、顔を合わせなくてはならぬだろうな」

「まぁ、それは致し方あるまいよ」

当惑しながら、聞多は続けて言った。

「これより先は我らと示し合わせて動いてもらいたいと、ご参府一行のお歴々からも念を押されたからのう」

「……」

押し黙ったまま、十三郎は茶碗酒をぐいっと干す。

「旦那」

源造が気遣うように、徳利を抱えて歩み寄る。

その時、納屋に向かって歩み寄ってくる急《せ》いた足音が表から聞こえた。

得物を手にしかけた浜吉と源造を目で制し、聞多は板戸の前に立つ。隙間から覗き見れば、商館長付の私設通詞《つうじ》だった。鼻が低く、顎《あご》が極端に短い。顔じゅうに浮いたあばたは、男子に罹患《りかん》する者が多かった天然痘の名残であろう。

確か、名村八太郎《なむらはちたろう》というはずだった。大通詞の子でありながら放蕩者で、芳《かんば》しからぬ風評も多い人物である。

「如何なされた、名村殿」

板戸を引き開けた聞多が、怪訝《けげん》そうに問いかける。

「鏡十三郎殿とは、其処許《そこもと》か」

反り返った唇の間から、出っ歯が覗けて見える。

「左様」

前に出てきた十三郎を、名村はじろりと見返す。不遜な態度だった。命を助けてもらったばかりというのに、相手はたかだか雇われ者の胡乱《うろん》な素浪人とでも侮《あなど》っているようである。

「貴公をお迎えに参上致した」

名村は痩せていたが身の丈は高く、十三郎とほとんど変わらない。

喋《しゃべ》るたびに、顔を目がけて唾が飛んでくる。

「某《それがし》を？」

不快の念より先に、十三郎は驚愕を覚えた。

「それは、如何なることか」

「シーボルト殿直々のお呼び出しにござる。内々に、我らが宿までお越し願いたい。されば、表にて待っておるぞ」

尊大な口調でそう言い置き、名村は納屋の外に出ていく。

「鏡様」

その傍らにそっと楓が歩み寄った。

「差し出がましゅうございますが、ご一緒させてくださいな」

「楓殿……」

「申しましたでしょ？　私は、シーボルト様の弟子だったのです」

屈託のない口調で楓は言った。

「師匠のお顔を、久方ぶりに拝ませていただきたいのです。よろしいですか」

「う、うむ」

十三郎は憮然と、しかし、どこかほっとした様子で頷いた。

案内された先は本堂の広間を障子で仕切ったシーボルトの個室であった。

「あなたが、でるてぃーんですか？」

初めての対面に、碧眼《へきがん》の医師は感無量の様子である。目も鼻も、大振りの造作のひとつひとつが嬉しげで、きびきびしていた。

しかし、対する十三郎は何の感動も示していない。

無言のまま、慇懃に一礼しただけだった。

上げた顔には、不審の色が差すばかりである。目には何の感慨もなく、半眼《はんがん》に見開いているのが精一杯だった。

部屋の中にいるのは二人だけである。楓は後からご挨拶をさせてくださいませと言って控えの間に入り、対面の儀が済むのを待ってくれていた。

いっそのこと、共に来てもらったほうが良かったのかもしれない。

「お座りなさい」

シーボルトは椅子を勧めてくれた。

本堂には、西洋家具が一式用意されている。

江戸参府の道中に際しては、卓子《ターフル》と折りたたみ椅子を用意するのが年来の習慣となっていた。しかし、いかに洋式建築に相通じる板の間とはいえ、純然たる寺社の本堂に西洋椅子が置かれているのは何とも奇妙な光景だった。

「私たちを守ってくれて、お礼を申し上げます。かたじけない」

大きな体を折り曲げながら、シーボルトは笑顔で告げる。

「お心得違いをなされるな」

十三郎が冷たく言い放った。

「田野辺氏はともかく、私は貴殿を守りたくて守っているわけではない。御身に事あればこの日の本が危うくなる。なればこそ、心ならずもお守り申し上げているだけのことと心得ておいていただこう……」

「……でるてぃーん」

戸惑いながらも、シーボルトは重ねて呼びかける。

「私は、そんな名ではない。この日の本に生まれし武士、鏡十三郎だっ」

「お、怒らないでください」

屈することなく、シーボルトが言い募る。

「失礼致しまする」

と訪《おとな》いを入れる一声に続いて、楓が現れた。

「あっ……」

と、シーボルトはたちまち相好《そうごう》を崩した。

十三郎と出会ったときともまた違う、親愛の情に満ちた笑顔であった。

「あなた、カエデさん、ですね？」

「はい」

「あなたのことは、よく、覚えています。さぞ、良い医者になって、世のために役立って
おられるのでしょうね」

「有難うございます」

にこやかに微笑みながら、楓は言い添える。

「久方ぶりに先生とお目にかかれまして、ほんに、嬉しゅう存じまする」

「わたしもです」

シーボルトは、満面の笑みを浮かべている。

日本語の細かい言い回しまでは、理解できていないことだろう。それでも、かつて指導
した弟子が自分との再会を喜んでくれているのは、十分に分かっているのだ。

「……」

そんな二人の姿を、十三郎は無言で見つめている。

楓に接するシーボルトの顔は親しげにほころび、にこにこしている。日本の者同士が喜び合っているときとまったく変わらない光景だった。

「医者として、励んでおられますかカエデさん？」

「ようやっと一人前になって参りましたような気がします」

「それは良かった」

微笑むシーボルトはたしかに目も鼻も大きい異相である。しかし弟子の成長を喜ぶ姿は、かつて恩師の鏡隼之助が十三郎の剣の上達を確かめるたびに示してくれたのと同じような、慈愛に満ちたものだった。

悪夢に見た、子どものときの印象そのままの天狗や鬼めいた化物などではない、自分と違わぬ血の通った人間が、そこにいた。

「いいですか、でるてぃーん」

物思いに耽《ふけ》っていた十三郎の耳朶を、シーボルトの真剣な声が打った。

「私には、あなたにお伝えしなくてはならないことが、あります」

と告げるや、シーボルトは左腰に手を伸ばした。

「私は、あなたのお祖父さまから頼まれました。この国で、もしも孫に会えたときには、自分の技を授けてやってほしいと」

「技……」

「ごらんなさい」

言うと同時に、シーボルトは片手に取った剣を構える。刃長は定寸刀並みである。

右手一本で握った剣を前に突き出し、半身《はんみ》になる。足は右を前にし、左足を撞木《しゅもく》——正面に対して横に向けている。

見慣れない、しかし隙のない、西洋剣術の構えだった。

オランダの軍医とはいえ、彼は武官ではない。若き日に決闘で鳴らした手練なればこそ、このエペと呼ばれる剣を達者に遣うこともできるのだ。

「これです」

告げると同時に、シーボルトの構えが一変した。剣を左に持ち替え、足も踏み替える。

ひゅっと風を裂いて、細身の剣が走る。

その剣尖は、十三郎の眼前で止まっていた。

「む……」

十三郎の視線が強張る。

それはまさに日の本の剣術の左片手突きであった。

たしかに体捌《たいさば》きが違う。足捌きも違う。

しかし刀勢は十三郎が鍛えた小野派一刀流のそれに劣らず、刀身をぶれさせることなく正確に前へ向けて一直線に突き出していた。

何という、鋭い突きだろうか。

見取り稽古の機会を与えてくれた異国の士に、今や十三郎は心から謝していた。

そんな十三郎の感慨をよそに、シーボルトは静かに剣を鞘に納めた。

「いかがでしたか、でるてぃーん」

「……お見それ致した」

それはお世辞抜きの、感謝の一言だった。

「ありがとう」

微笑みを返しつつ、シーボルトは言った。

「この技は、あなたたちのカタナのほうが、上手くできるはずです」

「されば、某の祖父、は……」

「そう。カタナを本国に持ち帰って技を工夫されたのです。いつの日か、サムライとして一人前になった孫に授けるためにね」

「……」

「さ、やってみますか」

シーボルトはそっと手を伸ばしてくる。

長剣を握らせてくれる大きな掌は、親愛の温もりに満ちている。

「良かったですね、鏡様……」

そんな二人の姿を、楓は微笑みながら見守っていた。

と、彼女の表情が一変した。

「いや、やはり表に出てください」

そう告げるやシーボルトは十三郎の手から長剣を取り返し、すっくと庭に降り立った。

「動きをまねるだけでは、どうにもなりません。実際に、立ち合ってみなくては……」

穏やかながらも、有無を言わせぬ口調だった。

月明かりに照らされるシーボルトの帯前には、奇妙な得物が見える。

革鞘に納められた形状までは判然としないが、一尺（約三十センチメートル）ばかりの刀身は脇差よりも幅広く、分厚かった。

その正体を、楓はかねてより知っていた。

「今から何をなさるお積もりですか、先生!?」

思わず言いかけた楓の肩に、そっと十三郎の手が触れた。

「すまぬが、しばし黙っていてもらおうか」

「鏡様……」

「かつて亡き師より、同じように誘われたことがある。シーボルト殿は某と争いたいわけではない。ただ、稽古を付けて下さるお積もりなのだろうよ」

それだけ言い置き、十三郎も庭に降り立つ。

双眸には静かな、しかし揺るぎない闘気が炎と燃えていた。

約束稽古であっても、真剣での立ち合いは一歩間違えば即、命取りになる。

シーボルトと十三郎はそれでも剣を交えようというのだ。

「行きますよ、でるてぃーん」

「はい」

短く言葉を交わすや、二人は二間の間合いを置いて構えに入った。

ひゅっと刃音を立てて、右手のエペが宵闇の空気を裂く。

右足を大きく前に踏み出し、左足で地を蹴って跳ぶようにして、一気に遠間まで突いてくるのだ。

手も足も長いだけに、信じ難いほどエペは伸びる。

誘いに続く二度目の突きは本気だった。

「ヤッ」

十三郎は中段の構えを取って迎え撃つ。

右に左にと連続して突いてくるシーボルトの動きは剣客というよりも槍術者《そうじゅつ》のそれだった。

一方の左手には、帯前に差していた短剣が握られていた。

ダガーと呼ばれる、防御専用の武器である。

十三郎が反撃の突きを見舞っていってもダガーで軽やかに受け止め、弾き返す。

一瞬の迷いが命取りになりかねない立ち合いだった。

見守る楓のまるい頬を、しとどに汗が伝い流れる。

「まだまだです、でるてぃーん……」

息ひとつ切らすことなく、シーボルトは十三郎を叱咤《しった》した。

「私の剣、もっと遠くまで届きますよ！」

告げるや否や、エペは信じ難い伸びを示した。

わが国の剣術にも遠い間合いの敵を一突きに仕留める、左片手突きという技が存在する。先程シーボルトが示した動きと同じく左足を前に出して半身となり、左手一本で握った刀で突きを浴びせるのだ。

しかし、シーボルトの突きは更なる遠間から十三郎に殺到してくる。

「むう……」

呻きながらも、十三郎は冷静だった。

異人の剣とは、どこまでも突き一辺倒であることを思い知ったのである。

しかし、刃の届く範囲がとんでもなく広い。

まさに刀身が並みの刀より一尺（約三〇センチメートル）は長い、大太刀並みの間合いと言えるだろう。

十三郎の愛刀で、まともに立ち合えば勝負になるまい。

シーボルトが手加減してくれていればこそ、自分はまだ生きているのだ。

「あなたも、やってみなさい」

優しく、そして力強くシーボルトは呼びかけてくれた。

「お祖父さまの技を、私に仕掛けてみなさい！」

「はっ」

答えるや、十三郎は教わったばかりの構えになる。

要するに左片手突きの体勢なのだが、体捌きに大きな差異が見出された。

わが国の剣術では、常に腰を正面に向けつつ体を捌く。たとえ半身になっても腰だけは敵と正対させておき、捻《ひね》ることはない。しかし、十三郎の祖父が編み出したという突きは腰を左足と連動させ、大きく前に出すことが前提となっていた。こうなれば、後ろの右足も爪先を前に向けておくわけにはいかず自ずと撞木に、横向きにせざるを得ない。

わが国の剣術で嫌われる足捌きなのだが、こうすることにより上体は安定し、腰を捻らせても揺らぎはしない。

「そう、上手です！」

十三郎の取った体勢を熱っぽく褒めるや、シーボルトは次なる動きを指示した。

「こう！　前にのめりなさい！」

それは腰ごと左半身になりながら、上体を大きく振り出す動きだった。

やってやれないことはない。だが、完全に上体が敵の前に晒されてしまうため刀が空を突けば即、反撃を喰らってしまう所作でもあった。

「恐れてはならないっ」

シーボルトの言葉は今や、顔も知らぬ祖父のものとなって十三郎の耳に届いていた。

「最後の最後になったときに、この技はあなたの命を救います、きっと！」

その言葉を信じた刹那、十三郎の五体は別人の如き動きを見せた。

思いきり半身になり、上体を大きく前へのめらせながら、刀を突き出したのだ。

軽やかな金属音と共に、シーボルトはその一撃をダガーで受け止めた。

「見事です、でるてぃーん……」

感嘆の声を上げながら、シーボルトは嬉しげにつぶやいた。

身幅の厚いダガー、そしてシーボルトの技倆でなければ受け止めることは叶わなかったことであろう。

名村ら側近の者が見れば、それこそ卒倒しかねない荒稽古だったに違いない。

「できた……のですか？」

はぁはぁと荒い息をつきながら、十三郎は問いかける。

「お祖父さまも、きっと、喜んでいますよ」

そう告げるシーボルトの顔もまた、歓喜の汗に濡れていた。

「鏡様っ」

足袋はだしのまま、楓が庭に駆け下りてきた。

「お見事に、ございましたよ……ご無事でいてくださって、嬉しい」

十三郎の肩にすがりつく女の双眸から、とめどなく涙がこぼれ落ちていく。泣きながらも笑顔を浮かべていたのは、十三郎への賞賛と好意を覚えていればこそのことのようにも見えた。

三

納屋に残った三人は、気まずい沈黙の中に座り込んでいた。

十三郎と楓が本堂へ赴《おもむ》いてから、すでに半刻（約一時間）ばかりが経っている。

庫裏《くり》へ夜食を調達しに行くのなら、そろそろ足を運ばなくては間に合わない。

しかし浜吉も源造も、そして聞多も一向に空腹を覚えている様子が見えなかった。

「シーボルト殿のことだ、十三郎を邪険に扱うはずもねえ。案じるには及ばねぇさ」

安心させるように聞多は言った。

「それにな、これは鏡にとって、亡くなった爺さんとの対面みたいなもんだ。あいつにも腹を据えてもらうとしようや。な？」

木戸の向こうから歩み寄ってくる足音が聞こえてきた。

「田野辺殿」

呼びかけてきたのは、名村八太郎だった。

「これを鏡殿にお返し願おう」

無造作に差し出された二尺四寸物の一振りを受け取ると、聞多は硬い表情で問う。

「鏡は、如何致した」

「シーボルト殿と、ご歓談されている。今宵は、夕餉を共になさりたいそうじゃ」

名村は、苦虫を嚙み潰したような顔をしていた。

シーボルトからの要望なのだろうが、一介の素浪人が破格の扱いを受けるのがよほど業《ごう》腹《はら》なのだ。大通詞の息子という権威を誇る名村は、命の恩人であっても影供たちをあくまで軽んじ、その価値を認めたくはないのだろう。

「左様であったか」

聞多はほっとした様子でつぶやいた。どうやら、対面の儀は無事に済んだらしい。となれば自分たちが尊大な若造からどう扱われようと気になりはしない。

「して、貴公は何故に戻って来られたのか」

「その……シーボルト殿が他の者もお招きなさりたいと申されてな」

名村は、口ごもりながら答えた。

「何と」

刺客たちを撃退してくれた礼に、シーボルトは影供一同を密かに招こうというのだ。

「そいつぁいいや」

たちまち小躍りする浜吉を、名村はじろりと睨《ね》め付ける。

「ご同席願うのは、田野辺殿だけじゃ。おぬしたちには握り飯を用意させてある」

「何だと？」

「程なく運ばせる。道中の余計な費えは避けねばならぬゆえ、精々辛抱してもらおう」

名村はついと踵《きびす》を返す。

「すまねぇな」

一言残すと、聞多は後に続く。

「くそったれ！」

浜吉が喚《わめ》いたのは、何も蘭人の馳走に預かれなかったためではない。あからさまに人を見下した名村の態度が許せないのだ。

「止めんしゃい」

納まらない浜吉の肩を、源造はそっと叩《たた》く。

「いいのかよ、とっつあん！」

「あん名村は、金次第でどっちでん転ぶ薄汚い野郎ばい。そげん下種《げす》に腹ば立てるほうが馬鹿らしか。それに、阿蘭陀《おらんだ》ん飯ばごたる不味《まず》いもんば食わされっとなら、握り飯んほうが余程ましばい」

「とっつあん、阿蘭陀料理を知っているのかえ」

「当たり前たい。おいを誰だと思ってるたい。長崎ん町じゃ知らねぇもんのいねぇ、源造様ばい」

源造は得意げに鼻をこすりながら言った。

「で？　どんなもんなんだい」

「知りたいんか」

「食わしてもらえねぇのなら、せめて頭ん中だけででも味わいてぇやな」

「そんじゃ、教えてやるばい」

浜吉を前に座らせた源造は、おもむろに語り始めた。

「蘭人は、どげんしたことか牛ん乳ば好むっとよ」

「牛の……乳？」

思わず、浜吉は白目を剝《む》いた。

上州の田舎に居た頃、雌牛の乳房に吸い付いたことがある。そのときは甘いと感じたものの、ひどく腹を下してしまった思い出のほうが脳裏に強く焼き付いている。むろん、二度と口にしたいとは思わない。

「飲めたもんじゃなか」

「だろうなぁ」

「そん牛の乳で、蘭人は菓子ば作っとよ」

「え？」

浜吉には、想像もできないことだった。

招かれなくて良かった。今は心からそう感じていた。

「おいの芋餅ば食うて、辛抱しんしゃい」

「有難くそうさせてもらうよ、とっつあん……」

例の弁当箱を引っ張り出す源造に、浜吉は感謝の眼差しを向けた。


本堂から、明るい笑い声が聞こえてくる。

折しもシーボルトは十三郎と楓を交え、食前のワインを楽しんでいるところだった。

「失礼致す」

入ってきた聞多は微笑みを浮かべていた。

「来てくれたか、田野辺」

シーボルトとの会話を打ち切り、ふっと十三郎も笑みを返す。

その傍らでは楓もにこにこしながら、シーボルトと十三郎に酌をしていた。

「浜吉と源造とっつあんは、いかが致したのだ」

と、十三郎が問いかける。

「あ、ああ……」

聞多は生返事をしつつ、随行してきた名村を見やる。

「この御仁が、招くには及ばぬって申されてなぁ」

「何ですって」

真っ先に血相を変えたのはシーボルトだった。

「それはどういうことですか、ナムラさん!?」

「お、お待ちくだされ」

たちまち顔色を失い、

「その者たちは、これなる田野辺氏の下僕にございます。斯様な晴れがましいお席に呼ぶには値せぬ、下賤の輩にござれば……」

としどろもどろに答えた。

「それは違うぞ、名村氏」

すかさず、十三郎は口を開いた。

「あの二人はシーボルト殿をお守り致すために道中を共にしておる、影供にござる。我らと何ら変わりなき身と心得ていただこう」

シーボルトが立ち上がった。

「失礼は、わたしからお詫びします」

一礼するや、きっと名村を睨み付ける。

「ハマキチさんとゲンゾウさんのぶんも、すぐにあたたかいものを支度させなさい！」

「こ、心得ましたっ」

首をすくめるや、名村はたちまち駈け去った。

程なく、浜吉と源造が勇んでやってきた。

西洋料理をけなしていたのもどこへやら、上機嫌である。

椅子の数が足りないため寺男が用意してくれた空樽に腰掛けさせられていたが、そんなことは気にもしなかった。

「阿蘭陀のすまし汁ってのは美味いもんだなぁ、とっつあん」

「ほんなこつ、よか味たい」

温かい食事に舌鼓を打つ二人を見守りつつ、シーボルトを囲む十三郎と聞多、そして楓は食後の紅茶を楽しんでいる。楓は甲斐甲斐しく男たちの、とりわけ十三郎の世話を熱心に焼いていた。

「お代わりをなさります？」

「いただこう」

自分たちが来る前に何があったのか、浜吉と源造は知る由もない。

それでも十三郎と楓がいつの間にか、かつて以上に親しくなり始めていたことにはすぐ気付いた。

目は、口ほどに物を言う。

二人の交わす視線は、心を通わせ合う同士のものになっていた。

「大したもんですねぇ、鏡の旦那」

スプーン代わりに与えられた茶さじを手にしたまま、浜吉はいたずらっぽい顔で十三郎を見やった。

「一体どんな手練手管を、そこの異人さんから教わったんですかい？」

「何と申す？」

「そりゃあ、楓姐さんのお顔を見りゃ分かりまさぁ」

「ば、馬鹿を申すでないっ」

「ほらほら、怒るところがまた怪しいってもんでさ」

憮然として答える十三郎を、浜吉はさらに戯《ふざ》けた様子でまぜっかえす。

「お似合いですぜ、お二人さん……」

一方の源造も大人しくはしていない。

「若も早く、楓さんばごたる、良か女子ば見付けてくんしゃい！」

浜吉ともどもきれいに平らげたスープはともかく、他の料理には、ほんのおしるししか箸を付けてはいなかった。

それどころではない熱意を、十三郎と楓に俄然として掻き立てられたのだ。

「そう申すな」

対する聞多は、涼しい顔で切り返している。

「所帯なんぞ構えたら、遊びもできやしねぇ」

「若！」

源造は、思わず声を荒げずにはいられない。

「若はもう三十四になんなすっとですよ。いつまでん独り身でおいなはって、おいは先代の旦那様に、あの世で合わせる顔がありまっせん。性根ば入れ替えてくんしゃい……」

「ったく、とんだとばっちりだぜ」

聞多はうんざりした表情を浮かべた。

第六章　刺客の意気地

一

明けて、一月十日（陽暦二月十六日）。

シーボルト一行は明六つ半（午前七時）、諫早の寺から旅立った。

「いい気なもんだな」

山門の陰に立って見送りながら、聞多が愚痴《ぐち》る。

「こちとら寝ずの番だったってのに、伸び伸びしていなさるぜ」

「まったくだぜ、田野辺の旦那」

「付き合《お》うていられんたい」

浜吉と源造も、口々に不平を漏らした。

ゆうべのもてなしはたしかに有難かったが、疲れてくれば不満のひとつも口に出る。

「皆、そう申すな」

宥《なだ》めるように十三郎は言った。

「結構な馳走に預かったのだ。あまり文句を申すでない」

ともあれ、無事に夜は明けた。

襲撃はあれから途絶えたままだ。

しかし、敵はこちらの動向をつぶさに察知しているに違いない。昨夜の襲撃は間が良すぎた。一行の旅程を、長崎を出立する前から下調べして把握していたとさえ思える。

残された唯一の手がかりは、仲間の手で口封じをされた刺客一人の死骸以外に無い。

シーボルトのたっての要望で、名も知れぬ刺客は寺の墓地に葬られた。さすがに埋葬に立ち合うことまでは許されないシーボルトに代わり、合掌を捧げたのは十三郎と聞多の二人である。

「気持ちは有難いが、分かっちゃいねえな」

聞多がぼやいた。父祖の家名を何よりも重んじる武士にとって、名もなきままに葬られるのは最大の恥辱とされている。

「いっそのこと、うっちゃっておいてくれればいいものを……」

死者を軽んじているかにも響く聞多の言だが、なまじ無縁仏にされてしまうよりは朽《く》ち果てたほうがましということである。

さすがに埋葬の現場ではおくびにも出しはしなかったものの、十三郎とて思うところはまったく同じだった。

十三郎は手にした印籠を見つめた。刺客が着衣と頭巾、大小の刀以外に身に着けていた唯一の品だった。家紋など入っているはずもない。

十三郎が凝視していたのは、仔猫を象《かたど》った青磁の根付けだ。

青磁とは伊万里《いまり》・大川内山《おおかわちやま》産の原石が素材の釉薬《うわぐすり》を繰り返しかけ、入念に焼き上げることで生じる淡い青緑色を特色とする陶磁器である。

「可愛いものですね」

三歩下がって歩きながら、楓が微笑む。

彼女にもよく見えるように、十三郎は根付けを陽にかざした。

親指の先ぐらいの猫は、ひなたぼっこをしながら体を丸めた姿に造型されていた。ちんまりと可愛らしく、朝日を浴びて煌《きら》めく青緑色の体の輝きは比類なきものだった。

「へぇ……」

浜吉が感心した顔で覗き込む。

「ゆんベシーボルト様が言っていらしたオランダの猫ってのも、こういう毛並みをしているんですかねぇ？」

「違うばい。毛じゃなくて目が、こげな色をしとっとよ」

すかさず突っ込む源造もまた、青磁の猫の輝きに見惚れていた。

「田野辺」

と、十三郎は聞多に視線を向けた。

「過日に案内してもろうた料理屋の小座敷にも、青磁の陶器があったな」

「ああ。一輪挿しのことだろう」

聞多は即答した。

「鍋島染付に色鍋島、そして、この青磁は佐賀の御留《おと》め品ってやつでな。表向きはご領外にゃ持ち出してはならねえほど高価なものなんだ。ま、あの店の女将は飾りもんにゃうるせぇんでな、大枚をはたいて購《あがな》ったそうだ」

「成る程。これも容易には入手の叶わぬ高価なものというわけだな。されば何故、あの刺客は斯様な品を無造作に持ち歩いていたのであろうな」

と考えこむ十三郎に、

「彼《か》の領内の者であれば、青磁など珍しくもあるまいよ」

と聞多が言う。

「……佐賀藩、か」

「相違あるまい」

十三郎の横顔を一筋の汗が伝って流れる。

「となれば、得心もできるな」

聞多がごくっと生唾を飲み込む。

「どういうことだ、田野辺？」

「前に一度、長崎で渡り合うたことがあると申したな」

「うむ」

「あの折も、彼奴《きゃっ》らはまるで死を恐れてはいなかった。伝え聞く鍋島武士の心得……生きながらに死する観とやらが、備わっているのであろうよ」

「左様であったか。そして佐賀藩といえば、フェートン号の一件……」

楓、そして浜吉と源造は黙り込む二人を不安そうに見やる。

刺客団の背後には、思わぬ黒幕が存在しているのかもしれない——。

フェートン号事件で責を問われたのは、自刃した松平康英だけではなかった。

長崎と隣接する肥前国・佐賀藩の鍋島家にも忌まわしい事件の記憶は生々しく刻まれて

いたのである。幕府より長崎の沿岸警備を任されていながら、規定の人員を満たすことができずにいた佐賀藩も処罰の対象とされ、複数名の家老が詰め腹を切らされていたのだ。その後の砲台増築など幕命による警備負担の激増が藩財政を逼迫《ひっぱく》させ、藩主の鍋島斉直《なりなお》は家中の倹約に努めさせたが、焼け石に水だった。警備負担を減らすべく働きかけても、一向に功を奏さない。

折しも昨年には熊本《くまもと》藩と密かに交渉を持ち、長崎警備役を引き継いでもらうべく懸命に画策したものの幕府に露見するという最悪の結果を招いた。

交渉役の有田権之允《ありたごんのじょう》は切腹させられ、佐賀藩の立場は悪くなるばかりだった。

「俺も最初はな、攘夷《じょうい》とやらをやらかそうって連中が黒幕なんじゃねぇかとばかり思っていた。だが、生半可な思想だけで、これだけ執拗《しつよう》に狙ってくることなんざ出来るもんじゃねぇさ。確たる恨みがなけりゃ、やれっこねぇ」

聞多の意見を聞きながら、十三郎はじっと考えをめぐらせていた。

幕府のための海外交易地である長崎を守り損ねたがために、父の松平康英は自ら命を絶った。そして幾人もの佐賀藩の重職も、否応なしに腹を切らされた。十三郎の知らぬところでは、さらに末端の、フェートン号事件当時の警備役の者たちが贖罪《しょくざい》のために命を奪われたのかもしれない。

その縁者たちが復讐に立ち上がったと考えれば、すべての辻褄《つじつま》が合う。

自分たちで幕府を叩き潰すことなどはできないが、最新の銃砲や軍艦を持つオランダ国にならばそれは十分可能である。彼の国の幕府に寄せる信頼を失墜させ、怒りを引き出すには出島の商館員を斬ればよい。それも長崎の町へお忍びでしばしば出向きたがる、不用心なシーボルトならばやりやすいはずだった。

死なば幕府諸共にと思い定めている者が下手人ならば、異国の要人暗殺に踏み切ったとしても、不思議ではあるまい。十三郎はそう推理していた。


長崎街道・田代宿。

長崎からは、七里（約二八キロメートル）に位置する。

江戸参府一行は如何なる事情が生じても、この宿場にだけは宿泊しないのが年来の習慣となって久しい。元禄《げんろく》二年（一六八九）閏《うるう》正月、長崎から参府一行に随行してきた奉行所検使の下役・豊田五左衛門《とよだござえもん》が大通詞の加福吉左衛門《かふくきちざえもん》を口論の上に殺害し、自決するという事件が起きた地だからである。縁起が悪い、というわけだ。

かかる習慣を逆手に取り、刺客団は田代宿を行動の拠点に定めたのである。

総勢十名余りの集団とはいえ、旅の素浪人を装って三々五々、分宿すれば誰にも疑われはしない。

折しも旅籠の二階では、二人の刺客が朝餉をしたため終えたところだった。

「食が進まぬの、有田《ありた》」

「飯など呑気に食ろうておる気にはなれぬ」

連れの巨漢に、有田と呼ばれた男は素っ気なく答えた。

身の丈こそ五尺（約一五〇センチメートル）そこそこであるが、鋭角の顎《あご》が目立つ相貌はいかにも気が強そうである。

有田兵衛《ひょうえ》、三十五歳。フェートン号事件の責を負って切腹した有田権之允の甥《おい》に当たる佐賀藩士だ。

「このままでは埒《らち》が明かぬ」

「落ち着け、有田」

向き合って座した巨漢が箱膳越しに、宥《なだ》めるような口調で言った。

神崎勇吾《かんざきゆうご》、三十八歳。三歳年下の有田を能《よ》く支える刺客団の副長である。

こちらは六尺（約一八〇センチメートル）を軽く超える、筋骨逞《たくま》しい体格だった。

昨年の秋、手練の田野辺聞多を向こうに回して互角以上に渡り合った二人組はこの有田と神崎の二人だったのである。

あの折はまだ同志も十分に集まらず、二人きりで徒党を組んでの暗殺行を繰り返すのみであった。しかし今は、あれから時をかけて口説き落とし、共に異人斬りによる幕府への復讐に立ち上がった家中の若者たちから成る一隊を束ねるまでになっていた。将たる身の二人には軽はずみな真似を慎むことが必要なのだ。

「将が急《せ》いては、皆の士気にも関わろうぞ」

説き聞かせる神崎の口調は体格と同様に泰然不動としたものであった。

「陣容が整うまでは、焦らずに待つのだ」

「……済まぬ」

素直に詫びるや有田は腰を上げた。

「何処へ参る？」

「頭を冷やすには、やはりこれを振るうに限るでな」

つぶやく有田は左手に鞘ぐるみの刀を提げていた。

「無茶を致すでないぞ」

案じ顔の神崎の声を背に、有田は黙然と宿の階段を降りていった。

四半刻（約三十分）後。

有田兵衛の姿は、宿場外れの竹林の中に見出された。

何をしようというのだろうか。

それにしても、帯びている刀はつくづく長尺である。優に、二尺六寸（約七八センチメートル）には達しているだろう。

神崎のように六尺豊かな大男ならば難なく抜き振るうこともできるだろうが、五尺そこその有田が佩用するにはいかにも長すぎる。

しかし、当人にまったく持て余している様子はない。密集する竹に鞘を取られることもなく、すっすっと肩を引きながら奥深く林の中に分け入っていく。

拵《こしらえ》こそ黒鞘の刀装だが、鎌倉時代の太刀を思わせる反りの強い外見だった。

やがて、視界が開けた。

目の前に、一際太い青竹が見える。

「む！」

抜き打った刹那、有田は一刀の下に断ち斬っていた。

乾燥させた上ならばまだしも、青々とした竹を両断するのは、よほどの腕でなければ為し得ることではない。

この有田と神崎が企てたシーボルト暗殺は、自分たちを苦境に追い込んだ異人を憎んでのことではない。国際情勢を一向に省みず、ただ鎖国を維持したいがために諸大名に過大な負担を強いる幕府への復讐であったのだ。

もしもシーボルトが命を落とせば事はオランダ本国のみならず、彼の母国であるプロイセン(ドイツ)にも波及するだろう。すでに、佐賀藩ではシーボルトが生粋《きっすい》のオランダ人ではないことまでも調べ上げていた。

要人暗殺で諸外国の目を日本に集め、無能な幕府を攻めさせて賠償を要求させようというのである。自分たちが味わわされた苦しみを、今度は幕府に舐めさせせんと目論《もくろ》んでいたのだ。

むろん、シーボルトを死に至らしめたとしても、佐賀藩が手を下したと知れれば元も子もあるまい。

有田と神崎、そして総勢五十名余の同志たちは浪人を装って行動していた。隠密行動をするからといって、必ずしも黒や柿色の忍び装束を着ける必要はない。必要に応じて面体を隠す竹田頭巾を携行するのみで、ごくありふれた浪人体の装いをしている。

武具だけは槍に弓と、入念に準備されていた。

指揮を執る有田と神崎以外は皆、一間(約一・八二メートル)柄の槍を携えている。

先夜の襲撃行の指揮を執っていた神崎が、楓に捕らえられた仲間の口を封じるために用いたのも同じ品である。

正規の二間柄に比べれば心許ないが、刀しか装備していない影供に対しては長柄《ながえ》武器で攻めたほうが確実に優位に立てる。

今、同志たちは着々と襲撃地点に集結しつつある。

有田と神崎も報告を待って、早晩、田代宿を発つ手筈になっていた。

「待っていてくだされ、叔父上……」

納刀しながら、有田は低くつぶやく。

「必ずや、柳営にひと泡吹かせてやりまするぞ」

一団を率いる有田は、この役目を全うすることで幕府を潰すと同時に私怨……叔父の無念も晴らしたいと思い定めていたのだった。

二

一月十日、十一日と、江戸参府一行の旅は何事もなく続いた。

シーボルトは十日は海岸沿いの大村で貝の玉（真珠）を熱心に採取していたかと思えば、今日は二ノ瀬《にせ》名物の大楠《おおくすのき》をあれこれ採寸したり、嬉野温泉の湯を汲《く》ませてみたりと道中で目にする諸物の調査に余念がない。ビュルガーなる助手の薬剤師ともども、日課のように遠《とお》眼鏡や奇妙な器具を用いて、しきりに数値を取ることも欠かさなかった。

守る側の影供にとっても、幸いなことに連日の好天が続いている。

シーボルトが駕籠を嫌がり馬ばかり使いたがるのは困ったことだが、刺客は何の動きも見せぬまま日は過ぎていく。

強いて異常なところといえば、源造が水を呑みすぎることぐらいである。

「大丈夫かい、とっつあん?」

「心配なか……」

元気そうに歩こうとしているが、その足は幾分よたついていた。

さらに一日明けた、一月十二日(陽暦二月十八日)。

源造が倒れたのは、宿を発ってから四半刻(約三十分)も経たないうちのことだった。

「どうしたっ」

真っ先に気付いたのは聞多だった。

「とっつあん!」

その後を追って、浜吉も駈け寄る。

源造はしゃがみ込んだまま、苦しげに下っ腹を抱えているばかりである。すかさず寄り添った楓は耳を寄せて、呼吸を確かめる。源造の息づかいは急速に弱々しくなりつつあっきっと顔を上げるや、楓は男たちに指示を出す。

「そこの木陰に運んで！　早くっ」

「しっかりしねぇ」

聞多がそっと老爺を立たせた。大小の二刀を帯びているので必然的に左肩を支えることになる。

「そなたの荷を寄こせ。長脇差も」

十三郎はおろおろしている浜吉から邪魔な荷を奪い取る。

身軽になって介抱を手伝え。そう言っているのだ。

「す、すみやせん」

落ち着きを取り戻した浜吉が源造の右脇に腕を廻す。

「死ぬんじゃねぇぞ、源造……」

意識を失いかけている老爺の耳元で、聞多は繰り返しそう言い聞かせていた。

それから半刻（約一時間）。

源造は応急処置で事なきを得ていた。近くには茶店もあるにはあるが、下手に動かさぬほうが良いという楓の判断により、先程運んだ木陰に寝かせたままだった。

そうこうしているうちに、シーボルト一行の姿が見えないほど離れてしまった。いつ刺客が現れるか分からないと内心で焦りを覚えながらも、影共一同は源造の回復を待つ以外に今は為す術がない。

昼下がりの空を、鵲《かささぎ》がのんびりと飛んでいく。

「長崎じゃ、かちがらすって呼んでるんだ」

焦りを抑えながら聞多がつぶやく。

「左様か」

答える十三郎の顔は、何とも覇気がない。

一昨日、刺客の正体について聞多の推理を聞かされて以来のことである。

「……鏡」

「うむ」

「真実に佐賀藩が黒幕だったら、お前さんはどうするよ?」

「埒《らち》もないことを……」

思わず、十三郎は苦笑する。

「たとえ敵が三十五万七千石の大藩であろうとなかろうと、こちらを襲ってくるとなれば何者であれ、無二念に迎え撃つまでだ」

「なら、いいさ」

ほっとした様子で、聞多は腰を上げる。

続いて立ち上がるや、十三郎は言った。

「それよりも今は、源造とっつあんのことが案じられる」

「すまぬ」

「謝ることはないだろう。我らは仲間なのだからな……」

浜吉が戻ってきた。

「水を汲んできたぜ、とっつあん！」

「すまんこったい……」

木陰に横たわったまま、源造は申し訳なさそうに言った。

そこに、数頭の馬がやって来た。

遅れたまま姿を見せないのを案じて、シーボルトは自ら戻ってきてくれたのだ。

「どうしたのです、ゲンゾウさん？」

馬上から呼びかけるや、ひらりと地に降り立つ。

「そのまま、そのまま」

慌てて頭を下げる十三郎たちに告げつつ、ぐったりした源造に寄り添う。楓から病状を聞きつつ、ビュルガーに持ってこさせた革鞄から聴診器を取り出す手際も頼もしい。

一同の見守る中、シーボルトは手際よく診察を終えた。

「だいじょうぶ。水をたくさん飲ませてあげれば、すぐに歩けるようになります」

その言葉に、皆はほっとした。

傍らでは、通詞の名村が苦虫を嚙み潰したような顔をしている。

シーボルトが立ち上がった。オランダ語で、何やら名村に告げている。

「……シーボルト殿は、何と申しておいでなのか？」

聞多の問いかけに、名村は仏頂面のままで答える。

「そなたたちを待つため、これより小田の馬頭《ばとう》観音に参拝しにお出でになられるとのことだ」

「左様か！」

ほっとした様子で聞多は十三郎に言った。

「されば、我らも影供の役目を果たすと致そうか。参ろうぞ、鏡氏」

十三郎も、無言で頷く。

影供の都合で、参府一行を待たせておくわけにはいかない。本来は、源造を置いてきぼりにせざるを得ないところだが、そうさせるのを忍びないと感じたシーボルトは敢えて予定外の行動を取り、老爺が十分な休息を取るために必要な時を稼いでくれるのだ。

聞多はむろんのこと、十三郎も有情《うじょう》の計らいに深く謝していた。

蹄《ひづめ》と徒歩《かち》の足音が去っていった後には源造と看病の楓と浜吉が残された。

老爺の寝息は、随分と穏やかなものになりつつある。

「お客さん」

近くの茶店の老婆が小走りにやってきて声をかけてくれた。

「店ん中で横にならっしゃるか?」

先程まで客で一杯だった床机《しょうぎ》も、今はがら空きになっているという。

「ご心配には及びませぬ」

微笑み返しつつ楓は言った。

「風に当てたほうが宜《よろ》しいと、異国の先生も仰せになられました故……」

「そんなら、こげなもんしかなかですが召し上がってくだっせ」

老婆がお盆に載せてきてくれたのは、浜吉には見覚えのあるものだった。

「お代はいらねぇ。おいの気持ちたい」

小銭を出そうとする楓を押し止めた老婆はそれだけ告げると、餅を盛った皿を木の根元に置いて店へ戻っていく。

「芋餅……ですね」

微笑みながら楓は一切れ取る。

「浜吉さんも、召し上がったら？」

「へい」

一口齧《かじ》ったとたんに、浜吉は驚きと感慨の入り交じった表情となった。

外見こそまったく同じだが、源造の持ち歩いているものとはまるで味が違う。源造自慢の芋餅には砂糖がふんだんに利かせてあり、甘いことこのうえない。しかし、こちらは甘藷《かんしょ》の天然の甘みしか付いてはいなかった。

どちらが美味いかと言われれば、源造のほうに軍配が上がるであろう。

甘い菓子を食べつけた豪商の子などが口にすれば、顔をしかめるかもしれない。だが、これこそ天然自然の野《や》に生きる味だった。

「源造さんには、向いているかもしれませんね」

楓がぽそりとつぶやく。

「甘味の取りすぎが病《やまい》の原因であろうと、シーボルト先生は申しておられました」

浜吉は、無言で頷き返す。

むろん、この時代に糖尿病という症例を知る者はいない。しかし、高齢の身にもかかわらず上物の砂糖をふんだんに常食していては体に良かろうはずがない。

「とっつあん、俺にこんど、芋餅のこさえ方を教えておくれよ。とっつあん好みなほど甘くはねぇかもしれねぇが、長生きの薬になりそうなのを作ってやるからよ……」

熟睡しているはずの源造の肩がぴくりと震える。

その目尻に浮かんだ涙を、楓はそっと拭いてやった。

第七章　浜吉危うし

一

一月十四日（陽暦二月二十日）。

その日は、朝から雨だった。

商館長以下の蘭人、そして検使たち随行の役人は馬から駕籠に乗り換えて移動することになっている。

悪天候などまったく意に介さず、道中で見聞きするものすべてを観察したくて堪らないシーボルトにとってはすこぶる不満なことであろうが、駕籠にさえ乗せてしまえば、矢弾《やだま》の標的にされやすい馬上よりも遙かに守りやすいというものだった。

昨夜も、異変は生じていない。

「黒田《くろだ》侯の御許に宿を取ったとなれば、さすがに手も足も出せなかったか……」

袖付合羽に腕を通しながら、十三郎は安堵した様子でつぶやく。

昨夜のシーボルト一行は、筑前・福岡藩主の黒田斉清《なりきよ》が格別の計らいで開放してくれた山家の別館に宿を求めた。

さすがは、世に聞こえた黒田武士のお膝元である。家中でも選りすぐりの一騎当千の士が配された別館の周囲は、まさに蟻の這い出る隙間さえ無かった。

遡《さかのぼ》って、一昨日の一月十二日（陽暦二月十八日）。

最も案じられた佐賀藩の城下でも、何事も起こりはしなかった。

異国人の顔を一目でも見ようと集まってくる、大勢の見物人の中に紛れ込んで刺客たちが忍び寄ってくる可能性は十二分に考えられた。そのため、影供の面々は正規の護衛たちと連携し、町を通過する半刻（約一時間）の間に何があってもすぐにシーボルトの馬前へ飛び出せるようにと、万全の警備体制で臨んだのだったが、刺客らしき者は影も形も現しはしなかった。のみならず佐賀藩士たちは率先して警備に協力してくれ、甲冑《かっちゅう》に物々しい面頰《めんぼお》まで着けた騎馬武者姿で出張《でば》ってくれたのである。

シーボルト暗殺計画が佐賀藩の差し金というのは、すべて杞憂《きゆう》だったのではないか——

そう思わずにいられないほど呆気なく、一行は危険地帯であるはずの佐賀城下を無事に通り過ぎたのだった。

「ま、それは当然だろうよ。手前の家に火を付けておいて、火事だと騒ぐ馬鹿がいるはずもないわな」

聞多の意見は、正鵠《せいこく》を射ているのかもしれない。

どうやら佐賀藩では一丸となって、シーボルトを血祭りに上げようと躍起になっているわけではないらしい。あくまで一部の過激分子が、暴走しているだけなのだろう。

ともあれ、このまま何事もなければ一行は予定通り、明日の一月十五日(陽暦二月二十一日)中には小倉に到着する。翌日に下関へ送り出してしまえば、後の警護は本州の諸大名家に引き継がれる。もはや刺客も容易には手が出せぬ厳重な警戒をしてもらえるとなれば、十三郎たち五人が託された影供の任務もそこまでだ。

しかし、シーボルトと江戸参府の一行が九州の地を離れるまでは、何としても身の安全を守り抜かねばならないのである。

「皆、よしなに頼むぞ」

塗笠の下から告げる十三郎の一声に、力強く頷き返す影供の面々であった。

山家から今夜の宿泊予定地である木屋瀬へ至るには、険しい山岳地帯を踏破しなくてはならない。刺客団が大規模な襲撃を敢行してくるとすれば、まさに絶好の機会であろう。しかも今日は朝から絶え間なく、小雨が降り続いている。

こういった悪天候は、源造の体調にも良くはないらしかった。

「面目なかですたい……」

「そう言うもんじゃありませんよ、源造さん」

老爺の流す脂汗《あぶらあせ》を楓が甲斐甲斐しく拭いてやっている。二人の荷は浜吉が代わりに担いでいた。

今は源造が回復するまで歩調を緩めつつ、距離を稼ぐ以外にない。

「……鏡」

並んで歩きながら、聞多がふと口を開いた。

「お前さんはやはり、心がけがいいなぁ」

つぶやく聞多の視線は、十三郎の左腰に向けられていた。

二尺四寸物の佩刀に柄袋を着けていない。豪雨の中ならばともかく、これぐらいの降りであれば殊更に雨除けなどを用いることもないと判じているのだ。黒染めの木綿《もめん》糸で巻かれた柄を頼もしげに見やりつつ聞多は続けて言った。

「俺も柄は糸巻に限るとお師匠さんに教えられたもんだ。小洒落《こじゃれ》た革巻では、いざ振るうというときには役に立たぬと申されてな」

「当然であろう」

何を言うのかといった顔で十三郎が答える。

刀の柄そのものは木製である。その上を鮫皮で覆い、木綿糸で菱形を作るようにして巻いていく。

世の武士の佩刀といえば皆そうであるかのように思われがちだが、華美になると同時に実用性が疑わしい刀装とて少なくはなかった。

鮫皮の上に牛などの革を巻いた柄は、一見するといかにも頼もしげに見える。しかし、なまじ水を弾くがゆえに滑りやすい。雨中で斬り合えば命取りと言えよう。

「それにしても、ちょっと見には革巻きのようだぜ」

「二十年近《ちこ》うも握っておれば手の脂と汗を吸うて、自ずと斯《か》くなろうぞ……！」

十三郎は何事もないようにつぶやいた、その刹那。

後方から複数名の接近する足音が聞こえてきた。

「何者かっ」

後ろを振り返り言い放つや、二人は両の手を左腰へ走らせる。

鯉口を切って抜刀することが可能な体勢になったのだ。

「ご案じ召さるな。お手前方のことは、長崎在勤奉行の高橋殿よりすべて承っておる」

呼ばわりながら姿を現したのは見知らぬ武士だった。

笠を脱いだ武士たちの月代《さかやき》はきちんと剃られていた。浪々の身ではなく主持ちの侍なのである。

「当方は、小城《おぎ》藩にござる」

「蓮池《はすいけ》藩より、罷《まか》り越し申した」

それぞれの頭目と思しき侍が慇懃《いんぎん》に挨拶をする。

肥前・蓮池藩、五万二千六百石。

同じく小城藩、七万三千石。

共に佐賀藩の支藩であり、同じ一族を藩主に戴いている。

その藩士たちが何故この場に現れたのか。

各藩十名、総勢二十名の者は皆、大小の二刀のみならず一間柄の槍、そして弓矢まで携えていた。いずれも平時には携行することが許されない合戦用の武具だ。蓑《みの》の隙間からは籠手《こて》に鎖袴《くさりばかま》、臑当《すねあ》てといった小具足《こぐそく》までが覗けて見える。

物々しい武装を整えて出現したのだから自ずと目的は知れていた。

「されば、貴藩らのお歴々は」

「すべてを闇に葬ると、承知の上にござる。隠密裏のお役目なれば、我らが姓名の儀は何卒ご容赦願いたい」

この侍たちは本藩の過激分子の暴走を阻止するべく派遣された援軍だったのだ。佐賀藩と運命を共にする積もりがなければこその、措置と言えよう。

「……」

十三郎の横顔に翳《かげ》りの色が差す。

同族であるにもかかわらず、斯様に非情な結論を下すとは――

過激分子を誅殺《ちゅうさつ》することは、すでに佐賀藩の鍋島本家も承知済みなのかもしれない。

心強い援軍を得た安堵感とは裏腹に十三郎の心は暗澹《あんたん》となった。

相棒のそんな表情をちらりと見やるや、聞多がさりげない口調で問うた。

「それにしても、間に合《お》うて何よりだったな」

「何の」

蓮池藩士の頭目が答える。

「本来ならば、もう半刻は早いはずにござったが、この雨で遅れを取り申した。お手前方が待機していて下さればこそ、かかる山中にてすれ違いにならずに済んだのじゃ」

「当方もご同様にござる。礼を申しますぞ」

小城藩士たちも頭目に倣って頭を下げた。

「何の、何の」

聞多は、大真面目な顔で言い添える。

「急《せ》いては事を仕損じると判じ、敵の目を欺《あざむ》くためわざとシーボルト殿のご一行と距離を置いたのだ。これもまた、兵法じゃ」

うそぶく聞多の後方では、源造が面映ゆい様子で控えている。

連れの源造が不調なために半刻遅れたことが結果として功を奏したとは、総勢二十名にも達する蓮池・小城藩連合の援軍は知る由もなかった。


心強い援軍を得た影供たちが刺客団殲滅《せんめつ》に向けて策を練り始めた頃、佐賀藩の刺客団もまた、着々と襲撃の準備を整えつつあった。

昨日、まだ晴天のうちに山を越えてきた一党は、木屋瀬の手前を流れる直方川《のうがた》のほとりに集結していた。

江戸参府の一行が宿泊予定地の木屋瀬に入るため、この川を渡ってくることは、すでに調べが付いている。渡河してくるところを狙《ねら》えば良い。

この雨は、まさに天佑というべきものだった。

たとえ山中であっても、敵の視界が利く中で襲えばこちらの犠牲も多大になるだろう。しかし雨の降りしきる中、それも水嵩の増した川を渡るときの隙を狙えば二重三重の動揺を誘うことができるのだ。万が一にも、仕損じることはあるまい。

有田と神崎の周囲には、合流を果たした刺客たちが全員集まってきていた。

総勢、五十名。

正規の藩士は一人もいない。すべて部屋住みの二、三男。もしくは庶子《しょし》(妾腹の子)ばかりであった。

身分を隠して出奔した五十名と有田、神崎は、すでに佐賀藩とは縁なき者である。捕えられたときは、互いに口を封じ合うという約定までも交わしていた。生きながらにして死ぬ決意を固めた、まさに死兵と言えよう。

とはいえ、無謀な玉砕などは毛ほども考えてはいなかった。最初から、一団には山岳戦を挑む積もりなどは無い。あくまでも確実に、目的を遂げなくては刺客を志願した意味はない。

誰もが、そう考えていた。

「皆、この太刀に誓《ちこ》うてもらおう」

告げるや、さっと有田は鞘を払う。

二尺六寸の愛刀が雨空に向かって突き上げられた。

鎌倉時代初期の豪壮な太刀姿そのままの長尺の刀身が飛沫を裂く。

有田氏は嵯峨源氏《さがげんじ》、松浦党《まつら》の末裔である。戦国乱世に北九州の強豪大名たちと覇権を争い、天文九年（一五四〇）に落城の憂き目を見た後は鍋島家に仕えたが、松浦党の勇猛ぶりは世に名高い。この有田兵衛もまた、中世から続く猛《たけ》き一族の血脈を継いでいるのだ。

「必ずや身命を賭し、柳営に一矢報いてやろうぞ！」

轟々《ごうごう》と流れる川音を背に、有田は声高く叫んだ。

源造の体調も折良く回復したところで、蓮池・小城藩の援軍と合流を果たした影供たちは道中を再開し、シーボルト一行に追い付いていた。

十三郎たちにとって幸いだったのは、雨中ということもあって一行が馬を降り、駕籠で移動していたことだろう。人力で担ぐ駕籠、それも山道なら歩みは遅い。

しかもシーボルトは山の植物や鳥が珍しいらしく、折に触れては止めさせて採集と観察に余念がなかった。好奇心旺盛な彼の行動も幸いしたと言えよう。

最後の峠で追い付いた十三郎たちは遠巻きに護衛しつつ、一行を予定の休憩所がある麓《ふもと》の飯塚村へ昼餉時までに送り届けた。

先日のシーボルトの名村への説教が効いたのか、こちらから催促する前に温かい握り飯が影供たちに届けられた。

「我らが警護に就く故、ゆるりとお食べなさるが良かろう」

援軍の藩士たちは交代しながら持参の兵糧を遣うつもりらしい。

好意に甘えた浜吉たちが握り飯を頰張っている頃、十三郎と聞多、そして蓮池・小城藩の頭目が軍議を進めていた。一行が招かれた庄屋屋敷の母屋につながる離れの一室を借りてのことである。

雨音を耳にしながら、四人は囲炉裏を囲んで座っている。

「みすみす不利な戦いを挑んで参るほど、敵の将も愚《おろ》かではあるまい」

十三郎は率先して軍議の進行役を買って出た。

相応の人物と思える蓮池・小城藩の頭目たちも、納得した顔で頷き返す。将と恃《たの》むに足るだけの貫禄が、鏡十三郎には備わっている。初対面でありながらそう納得してくれたらしい。

「左様。なればこそ、山中での襲撃は最初から考えてはいなかったのだろう」

言い添える聞多もまた、すっかり十三郎の副官といった役どころに落ち着いている。

そうやって振る舞うことがどことなく嬉しげにさえ見えた。

「襲って参るとすれば、まず川越えの最中でござろうか……」

蓮池藩士の頭目が重々しくつぶやく。

「左様。なればこそ、先んじて攻めてはどうか？」

小城藩士の頭目が勇んで言った。

「宜しいか、ご一同」

十三郎は、ゆっくりと二人を見返す。

「我らはあくまでも、護ることを任とする影供にござる。ゆめゆめ、お忘れなさるな」

無闇に攻めるのではなく、専守防衛を旨とする。かかる護衛の鉄則に立ち戻るよう十三郎は釘を刺したのだ。

「左様、左様」

二人が表情を引き締めたのを見届けるや、

「とは申せ、腹が減っては戦もできぬ。我らも疾《と》く、昼餉を済ませると致そうぞ」

と聞多が晴れやかに言うと、両藩の頭目たちも思わず片頬をほころばせる。

「鏡殿」

十三郎の前に竹皮の包みが二つ、同時に差し出された。

「我らが兵糧の焼むすびにござる」

「よろしければ、田野辺殿もご相伴くだされ」

「忝《かたじけ》ない……」

謝意を述べつつ、十三郎と聞多は心づくしの握り飯を嚙み締めた。

交代して昼餉を摂った蓮池・小城藩士たちが護衛の任に就く。

「ご苦労様です」

浜吉は甲斐甲斐しく藩士たちに湯茶を配った。

源造には床を取らせ、出立の準備が整うまで休息させている。

「無理をするんじゃねぇぜ、とっつぁん」

つぶやきつつ浜吉は腕まくりをし、足りなくなった湯を沸かしていた。

楓が源造の診察を終えて、奥の部屋から出てきた。物憂い様子で縁側に視線を向けると、十三郎が座して雨を眺めていた。

「十三さん」

声をかけながら、楓ははにかんだ笑みを浮かべた。

「座ってもいいかしら?」

「うむ」

二人は無言で寄り添う。楓の体温が布地越しに伝わってくる。それは何とも心地よく、心まで温められるものだった。

「軍議は、いかがでしたか」

「気になるか」

「そりゃ、私もお仲間ですもの」

楓の口調は、随分と打ち解けたものになっている。十三郎の楓に向ける眼差しにも優しさがこもっていた。

「まずは、物見《ものみ》を立てねばならぬな」

「物見」

「敵は必ずや川越しのときに仕掛けて参るだろう。それゆえ向こう岸の敵陣を確かめねばならぬ」

「当然、背後からも突かれぬように……でしょう？」

「流石《さすが》だの、楓殿」

「見損なわないでくださいまし」

「済まぬ」

素直に詫びた十三郎の肩に楓がそっともたれかかる。

呼吸が、かすかに乱れつつある。豊かな胸の鼓動が布地越しに伝わってくる。

そこには胡乱《うろん》な影目付ではなく、自分に好意を抱いてくれている一人の女としての楓がいた。

「楓……」

十三郎が言いかけたとき、

「おほん」

突如、聞多の咳払いが割り込んできた。

「その、妬《や》いてるわけじゃないんだがなぁ……鏡よ」

勿体《もったい》を付けながら、

「お前さんは今、この一隊の将ってことになっているんだ。ちっとは下の者へのしめしってもんを考えてくれぬか？」

と聞多が言うと、慌てて十三郎は居住まいを正した。

「す、すまぬ」

楓はと見れば、耳まで赤くなっている。

「この旅はもうすぐ終わるが、男と女の道中は長いものだぞ。焦らずに参ることだの」

冗談めかした聞多の言葉に、居合わせた藩士たちはふっと笑みを浮かべる。

何とも和やかな空気が張りつめていた一同の間に流れた。

と、その時。

「よろしいか、田野辺殿」

いつの間にやって来たのか、通詞の名村八太郎が渋面を浮かべて立っていた。

「見ておられたのか」

すかさず、聞多は機嫌を取るように言った。

「ま、ま、大目に見てやっていただこうか。聞けば、異国の男女ならば到底これだけでは済まぬと申す。シーボルト殿ならば、よくお分かりになられるであろうよ」

「心得違いをなされておられるな、田野辺殿」

名村の反応はどこまでも冷ややかだった。

「拙者は、鏡殿に苦言を呈しに参ったわけでは参らぬ」

「されば、何事かな」

「そなたが従者の、浜吉なる者の詮議を致したい」

「え」

「あれなる者は手癖悪しと、当方も調べが付いておる」

一体、何を言い出すのか。

「……とまれ、今の浜吉の主人は儂にござる。申されたき儀があれば、何なりと言うていただこう」

武家言葉で返しながらも、聞多の表情は見る見る険しくなった。

向き合う名村がにやりと笑ったのである。

「大通詞様のお部屋より、大枚の金子が消え申した。去る十八日の、夜のことじゃ」

「……」

聞多はたちまち沈黙した。

宿舎内で斯様な事件が起こっていたとはまったくの初耳である。影供として四六時中警戒に当たっているとはいえ、江戸参府一行全員の一挙一動にまで目を配っているわけではないし、仲間の浜吉が疑われたとあっては申し開きをしなくてはならない。

「名村殿」

黙り込んだ聞多に代わって口を開いたのは十三郎だった。

「たしかに貴公が申される通り、浜吉は江戸表にて芳しからぬ所業に及んだ身。お疑いにならるるのも無理はござらぬ」

「成る程」

名村は頷くと、

「おぬしのほうがどなたかよりも見る目をお持ちのようだな。小者に情けをかけて真実を見抜けぬとは捕物名人の評判が聞いて呆れる」

聞多を当てこするように言った。

「されば鏡殿、あれなる小者を連れてきていただこうか」

「何となされるお積もりか」

「無論、詮議して金子を取り戻す。白状に及ばねば痛い目を見せねばなるまいが、異存はあるまいな」

そう告げると名村は踵《きびす》を返しかけた。その背中に静かな、鋭い一言が飛ぶ。

「待ってもらおう」

名村の背中がぴくりと震える。

十三郎は殊更に険しい声色を遣ったわけではない。

ところが、名村の五体はまったく動かなくなっていた。

剣術に限らず、一流を究《きわ》めた達人には気合いを発するだけで人を金縛りにしてしまうことのできる者がいる。今、十三郎が示したのもそれだった。

凍り付いたままの名村の双眸が大きく見開かれた。

浜吉が、無言で立っている。

その双眸には主人の聞多にも増して名状し難い怒りの色が宿っていた。

「ちょうど良かった」

十三郎は、淡々と言った。

「当人が罷《まか》り越したとなれば、都合も良かろう。名村殿、この場にて詮議とやらをお願い致そう。我ら一同が謹んで立ち会わせていただく」

そう告げる十三郎の背後には楓、そして蓮池・小城の藩士たちが集まってきていた。

名村に向けられた視線は一様に冷たい。

「ま、待て」

たちまち名村は脂汗を流し始める。まさに鏡張りの箱に入れられた蟇《がま》のようであった。

浜吉がゆらりと歩み出す。

十三郎、そして聞多も、敢えて止めようとはしない。

「名村様」

浜吉が動けずにいる男の前に片膝を突くや、

「おっしゃる通り、あっしは手癖の悪い性分です。お目こぼしをいただいてお町（奉行所）のお世話になるまでにゃ至りませんでしたが、江戸じゃ人様の懐中物を頂戴したこともございやす。それは、間違いのないこってす」

と告白する口調に、一切の気負いは無かった。

「そんなあっしが申し開きをしたところで、お聞き届けちゃもらえますまい」

下を向いたまま浜吉はふっと微笑む。

その横顔にちらりと差した哀しみの色を十三郎は見逃さなかった。

「浜吉」

言いかけたとき、若者は立ち上がった。

「直方川へ出さなくちゃならねぇって物見、あっしにやらせちゃいただけませんか?」

「何を言うのだ、お前!?」

慌てて前へ出てきた聞多を浜吉は凜とした目で見返す。

「有難うございやす、田野辺の旦那。このご恩は、一生忘れやせん」

「浜吉……」

「でもね、手前のあかしは、手前で立てさせてやっておくんなさい」

それだけ言い置き浜吉は踵を返す。

一度も、振り向こうとはしなかった。

「……名村殿」

十三郎が口を開いた。

「な、何じゃ」

憮然と名村は言い返す。

ようやく金縛りが解けたようだ。

「私は、浜吉の潔白を信じておる。彼の者の身に万が一のことあらば、御身とて無事では済まぬと心得られい」

「う……」

名村の双眸に恐怖の色が浮かぶ。

「とにかく、お引き取り願おうか」

言い添えてくる聞多の声も静かなる怒りを孕んでいた。

「無礼者め」

醜面を引きつらせながらも、名村は捨て台詞を吐いていくのを忘れなかった。

後には、重苦しい沈黙だけが残った。

「案ずるな、田野辺」

立ち尽くす聞多の肩に十三郎はそっと触れる。

「浜吉はすばしっこい奴だ。物見の任を果たしたら、けろりとして戻って参るよ」

「そうですよ、聞多さん」

反対側の肩には楓が寄り添っていた。

「あの浜吉さんが、もう盗みなんかするはずがないですよ、ね？」

居並ぶ藩士たちも三々五々、無言で頷いている。

「皆、忝ない」

深々と頭を下げる聞多の目は心なしか潤《うる》んでいた。

気付かぬふりをしつつ、十三郎は言った。

「さればご一同、物見の戻るのを待って八つ（午後二時）にはこの飯塚村より出陣と致そうぞ」

二

「くそったれ！」

浜吉は、溢れる涙を止めようがなかった。

その眼前に、直方川が轟々と流れている。大河というほどではないので、川越しがそれほど難しいわけではない。しかし水嵩の増した直方川は荒れに荒れ、川原は日中とは思えぬほどの霧に煙《けむ》っていた。

泣き濡れた瞳を浜吉は四方へ向ける。

対岸に人影は無い。河原へ降りてくるときも、尾けられている様子はなかった。

こちらの船頭は物見である浜吉の報告を受けた上で、支度を始めることになっている。

急がなくてはならなかった。

踵を返しかけたとき、浜吉の表情が凍り付いた。

一人の武士が駈け寄ってくる。

六尺豊かな巨漢は、鞘に納めたまま腰間から抜いた刀を、大きく振りかぶっていた。

長脇差で応戦する余裕もなかった。眼前に火花が散ったかと思う間もなく、浜吉は崩れ落ちた。


「……遅いの」

焦れていたのは聞多だけではない。

十三郎と楓、そして起き上がってきた源造も一様に案じ顔で庭先に立っている。

雨は幾分、小止みになりつつある。

すでに浜吉が出向いてから一刻（約二時間）が過ぎている。若者の足なら半刻もあれば行き来できるはずなのに、遅すぎた。

これ以上出立を遅らせるわけにはいかなかった。

「田野辺殿」

蓮池藩の頭目が遠慮がちに告げてきた。

「……分かり申した」

丁寧に一礼するや、聞多は先に立って歩き出す。

その横顔には、言い知れぬ不安と哀しみの色が浮かんでいた。

小雨にけぶる川岸では先に移動してきたシーボルトたち一行、そして、物見の報告の遅れに焦れた名村らが強《し》いて出向かせた船頭たちが待っていた。

聞けば、誰も浜吉らしき者を見てはいないという。辺りには、遺留品らしきものも一切見当たりはしなかった。

「連れ去られたか……」

皆、そう判じざるを得なかった。

浜吉が戻ってこないということは、間違いなく、敵はこの近くに現れたはずなのだ。

しかし、出立しないわけにはいかない。ここは十分に警戒しつつ雨中の渡河を強行するしかあるまい。

「……船を」

十三郎の言葉に黙って頷くや、船頭たちは一行が乗り込んだ船を川面へ押し出す。空になった駕籠は折り畳まれ、すでに船中に積み込まれていた。

と、ひゅっと空気を裂く音が聞こえた。

「うわっ」

悲鳴を上げて、船頭の一人が倒れる。

その背で、射込まれたばかりの矢羽根が揺れていた。

刺客団の襲撃だ。

「船を出してはならぬ！　矢の的になるだけぞ!!」

十三郎は、すかさず下知する。

検使たちは船をひっくり返し、シーボルトら三人の異人を陰に連れ込んだ。

「それで良い！　ご一行の各々方、対岸の伏手《ふせて》にも油断召されるな!!」

注意を与え終えるや、十三郎は陣頭に駆け戻る。

すでに、激しい攻撃が始まっていた。撃って出ようとした数名の藩士が、たちまち射倒されて河原に転がる。

「皆、焦るなっ」

低い、しかし能《よ》く通る声で十三郎は命じた。

「十分に引き付けし後に迎え撃つのだっ」

応じて、藩士たちは用意の楯を並べていく。

果たして、敵は白兵戦を仕掛けてきた。

船を駆って浅瀬まで漕ぎ寄せ、斬り込んできた者の頭数はおよそ五十名を数えていた。

「行くぞー！」

先陣を切ったのは聞多であった。

革襷《だすき》を掛け、血止めの鉢巻きを締め込んだ戦《いくさ》支度になっている。

遅れを取ることなく十三郎、そして藩士たちも撃って出ていく。

「ヤッ」

気合い一閃、聞多の剛剣が鞘走る。

彼が修めたタイ捨流は、戦国乱世に端を発する実戦剣の流派である。古《いにしえ》の合戦場で行使された抜刀術にも優れている。

急角度で抜き放った刀が、ずんと正面に突き出された。たちまち、眼前に迫っていた敵が腹部を刺し貫かれる。間を置くことなく、聞多は背後へ向き直る。横手に回り込んだ敵の存在を咄嗟に感知したのだ。

背後から飛びかかろうとした二人目の敵が、たちまち四肢を突っ張らせる。その胸骨の間には冷たい刃が突き込まれていた。

再び正面に向き直った聞多は駈けながら跳んだ。雨中に白刃が煌《きら》めく。左右から殺到してきた二人が続けざまに袈裟がけに斬り伏せられた。

跳び上がりながら振りかぶることで、聞多は刀に勢いを乗せている。道場剣術においては有り得ない手の内だった。

後世に居合型七本目として伝えられる、この『超飛《ちょうひ》』は囲みを突破し、目指す標的へと迫る一手である。聞多が立ち向かっていったのは、六尺豊かな巨漢だった。

「お前が、大将かい。今度こそ逃がしやしねぇ！」

言い放つや、さっと袈裟に斬りつける。巨漢は無言で刀を抜きつけ、迎え撃つ。二人は一歩も退《ひ》かず、激しく渡り合った。

疾駆する十三郎の前に、槍を構えた敵が立ちはだかった。

総勢五名。一人に向かってくるには多すぎる数だ。十三郎を影供の総大将と見定めているからであろう。

穂先を向けてくるかと思いきや、長柄を大きく頭上に振り上げている。はたき込もうというのだ。

合戦場において刀槍を振るうときは必ずしも斬り、突くことばかりではなかった。斬り、突くよりもまず殴りつけ、昏倒させてから短刀である鎧《よろい》通しを抜き、とどめを刺す。

遠間から攻めることが可能な長柄武器なら、打撃は尚《なお》のこと有効な戦法だった。

「攻め抜けい！」

槍隊を率いているのは長い刀を差した、五尺ばかりの小柄な男である。自身も一間柄の槍を構え、こちらを睥睨《へいげい》している。

「参れ」

動じることなく、十三郎は刀を左八双に構え直す。

その頭上から、四筋の長柄が殺到してくる。

と、乾いた音が続けざまに聞こえた。

十三郎の振るった刃が槍穂をけら首から斜めに切り飛ばしたのだ。

上段から下段へ、そして同じ太刀筋で再び上段へと連続して刀が走る。

間を置くことなく、十三郎は白刃を振るった。

「うっ⁉」

首根を割られた敵の一人がのけぞる。

「おのれいっ」

頼みの槍を失った残る三人は、手に手に刀をひらめかせて十三郎へ突進する。十三郎は速攻で一人を真っ向から斬り伏せるや、左右から迫るうちの右方の顔面に片手斬りを見舞った。すぐさま左へ向き直り、柄を両手で握り直してずんと斬る。

残るは、指揮を執っていた小柄の男のみである。刺客団の他の者たちには藩士らが殺到し、果敢に刀を振るって斬り立てていた。

「むむ……」

と、呻《うめ》いた小柄な男が槍を放り捨てると、二尺六寸物の長剣を抜いた。

十三郎と立ち合いたい。そう考えているのだ。

「そなたが頭目か」

血濡《ぬ》れた刀身をすっと十三郎は中段に構えた。

降り注ぐ雨がたちまち血脂を洗い流していく。

「左様」

男は毅然と名乗りを上げた。

「我が名は有田兵衛。そなたは、鏡十三郎であろう?」

なぜ、この男は自分の名を知っているのか。

「そなたがことは、疾うに調べておったよ。儂と同じく、異人どもに一族の者を空しくされし身と知ってからは一層、如何なる御仁なのか興味があってな」

「………」

「儂の叔父は、エゲレスの船のために詰め腹を切らされた。そなたが実の父御、松平康英殿と同じように柳営の捨て石にされたのじゃ。それが何故にシーボルトめを守るのか？」

「何っ」

十三郎の剣尖《けんせん》から迸《ほとばし》り出ていた闘気がたちまち失せた。

「考え直せ、鏡。そなたと儂は、同類なのだぞ」

長剣を八双に構えたまま、有田はじりじりと下がっていく。

刺客団の撤退は迅速なものだった。

有田が後退したのを合図に巨漢をはじめとする生き残りは速やかに船へ飛び乗り、対岸へ向かって逃げていった。

「追うな！　深追いは、禁物ぞ‼」

状況を見て取った聞多はすかさず叫んだ。

頼みの将が茫然自失していることだけは、皆に気付かれてはならない。

十三郎は雨の中に立ち尽くしている。

聞多が駈け寄ってくる。

「鏡っ」

「あ、ああ……」

刀を抜き身のまま引っ提げ、十三郎は茫然とつぶやくばかりだった。

十三郎の心は揺れていた。

敵は立場こそ違えど自分と同じ、幕府の犠牲者なのだ――

雨と川霧に濡れそぼる月代《さかやき》から、冷や汗が滴っていた。

「しっかりせぇ」

動揺を隠せない十三郎を聞多はどやしつける。

「シーボルト殿が空しくなれば、日の本の国そのものが危うくなるのだぞ!」

そのシーボルトはと見れば、すでに出立の支度に入っていた。

両側には蓮池・小城藩士たちが寄り添って、対岸の伏手に警戒している。

当方も五名を失ったが、聞多と藩士たち、そして十三郎が討ち取った刺客団は二十名を越えていた。手勢が半数近くも減じたとなれば、敵も再び大規模な襲撃を敢行するわけにはいくまい。

危機はひとまず去ったのだ。

しかし、有田兵衛が十三郎に残した傷跡は深かった。

肉体ではなく心に、その奥底にまで達する一刀を、有田は浴びせていったのである。

一刻ばかり後、生き残った刺客たちは参府一行が休憩した飯塚村より先の山中に逃れていた。

この一帯は、炭の産地である。冬場のことで、無人になっている炭焼き小屋も多い。現れるのは、仔を産みに潜り込む山犬ぐらいのものだ。刺客団は複数の小屋にあらかじめ糧食と薬を運んでおき、隠れ家として備えていたのだった。もうすぐ日も暮れるとなれば人目には立たない。

「小者など捕らえておいたところで、何の益もあるまいよ」

鯉口を切る神崎の声色は、敗退の悔しさに満ちていた。その足元に、縛《しば》り上げられたままの浜吉が転がされている。

「待て」

その太い腕に有田の鉄扇が押し当てられる。

刹那、神崎は凍り付く。

撃たれたわけではない。わずかに触れられただけで、動くに動けなくなったのだ。

「な、なぜ止めるか、有田っ」

「あの鏡とか申す者、情が深い質と見た。こやつを救うため、必ずや手を尽くそうとするであろうよ」

と、有田は自信たっぷりに言った。

「では、小者一匹のためにシーボルトを危険に晒《さら》すとでも?」

刀を引いた神崎が不承不承納刀しながら言うのに、有田はうそぶく。

「左様。首尾よう口説き落とさば、我らの味方に付くやもしれぬ」

「何を言いやがる!」

と、浜吉が声高く叫んだ。

「鏡の旦那が裏切るだと!? 馬鹿も休み休み言いやがれっ」

「下郎っ」

神崎が飛びかかるや、重たい鉄拳が何発も飛ぶ。

「そのあたりにせえ。死なせてしまっては、元も子もあるまいよ」

浜吉は左右から抱え上げられた。

「水だけはくれてやれ。無闇に折檻《せっかん》などするでないぞ」

有田は淡々と言い添える。

「まだ話は終わっておらぬぞ、有田っ……」

「落ち着け。鏡十三郎、敵にしておくのは惜しい漢《おとこ》ぞ。存分に心をぐらつかせてやったが、あれではまだ足りるまいな。なればこそ、あの小者を取り引きに遣うのじゃ」

「甘いぞ、有田」

神崎は、引き締めるのを忘れない。

「敵の寝返りを待てるほど、こたびの戦に閑《ひま》はない」

「分かっておるよ。あの小者が申したように、ゆめゆめ裏切らぬであろうこともな」

「何と申す？　されば、あやつは我らが大望を阻む以外の何ものでも……」

「左様。あの鏡十三郎はシーボルトめを一命を賭して守らんとしておる。敵ながら天晴《あっぱ》れな武士《もののふ》よ」

「有田……」

「そういう奴なればこそ心から惜《お》しみ、その上で斬って捨ててやりたいのだ。いかなる手練であろうとも、心乱れておっては儂の太刀術には叶うまいがの」

つぶやく有田の横顔には、酷薄そのものの笑みが浮かんでいた。

陽は、暗い西の空に沈もうとしている。

程なく掻き消えた残映は十三郎、そして浜吉の命運を象徴しているかのようだった。

第八章　大夜襲

一

その夜。

川越しを果たした一行は、夜更けて木屋瀬に着いた。影供の面々もシーボルトの安全を第一とするため、今夜だけは同じ宿に泊まった。

大幅に遅れはしたものの途中で襲撃されることもなく、無事にここまで辿り着けた。

一行は夕餉もそこそこに、シーボルトたちを床に就かせた。

しかし、影供の面々に休息は許されない。とりわけ十三郎は、気持ちさえ休めることができずにいた。

「……」

雨はまだ降り続いていた。

「鏡」

雨中の庭に立ち尽くしている十三郎に聞多が遠慮がちに呼びかける。

「皆が案じている。ここは儂が代わるから飯にしろ」

「……構うてくれるな」

返された答えは、半刻（約一時間）前と変わらない。

十三郎も塗笠と合羽こそ着けてはいるが、いつまでも屋外に身を置いていたのは見張りのためではなく、有田兵衛との一瞬の対峙で受けた衝撃から、未《いま》だ立ち直れずにいるからだった。

押し黙った聞多の合羽を、水滴が絶え間なく伝って流れていく。

当分、止みそうにはなかった。

木屋瀬に向けて、刺客たちが月のない夜道を行く。

先頭には有田と神崎、そして顔を腫《は》らした浜吉がいた。もとより雨中となれば、夜旅をする者とていない。

「さっさと殺しやがれ！」

浜吉の喚き声が、無人の街道に空しく響いた。

「そう息巻くでない」

有田は、どこまでも冷静だった。

刺客団は、木屋瀬の宿舎に到着した一行が就寝した頃合いを見計らって、襲撃を敢行する積もりだった。夜襲を仕掛けようというのである。

「山を越え川を越え、さらに我らが襲撃を受けし上となれば疲れて眠りも深かろう。それに影供どもとて動きも鈍っておるだろうよ」

「……」

「案じるでない」

黙り込んだ浜吉に有田は続けて言った。

「もとより、我らが狙うはシーボルトめの首級のみよ。刃向かわねば、他の者の命まで欲しゅうはないわ。精々、しおらしく命乞いをすることだの」

「くそったれ!」

唾を吐きかけようとした刹那、浜吉は顎を摑まれた。

小男なのに何という握力であろうか。

「ぐ……」

「その気力、鏡と向き合うまで取っておけい」

たちまち動けなくなった浜吉に、有田は亶ねて告げるのだった。


同じ頃。

聞多に引きずられるようにして屋内へ戻った十三郎に、源造が詰め寄っていた。

「助けてやってくだっさい」

懇願する源造の目尻に大粒の涙が浮かんでいる。

「浜吉は、おいに芋餅ば作ってくれるち、言いよったとです」

「十三さん……」

楓も腕にすがりついてくる。

しかし、十三郎が二人に返したのは一言だけだった。

「済まぬが、一人にしておいてくれぬか」

溜め息をついた聞多がずいと立ち上がった。源造と楓も無言で後に続く。

粥《かゆ》と漬け物の膳に、十三郎はついに箸を付けはしなかった。

さらに一刻半ばかり時が過ぎた。

夜が更けてゆく。

雨は相も変わることなく、降り続いている。

「……」

再び十三郎は庭に出ていた。

笠は着けていない。合羽を羽織っただけの顔に容赦なく雨粒が吹き付けてくる。

風が出てきたようだった。むき出しの耳元で、ひゅうひゅうと風が鳴っていた。

敵が仕掛けてくるには、まさに絶好の機であろう。

頭ではそう理解していても体が動かない。十三郎の心は揺れていた。

と、その双眸が見開かれる。

母屋から長身の影が近寄ってくる。シーボルトだった。いつの間に、起きてきたのだろうか。

シーボルトは湯浴みして着替えたはずの寝間着を改め、きちんと上着を羽織っている。

「雨は体に毒ですよ、でるてぃーん」

シーボルトは洒落た蛇の目傘を差していた。

宵闇の中に漆がぷんと匂う。まだ真新しい品だった。

「私のいい人からの、贈りものです。この国では、せんべつというそうですね」

問わず語りに告げながらシーボルトはにこやかに笑う。

「お礼を言うひまがなかったですね。昼間は助けてくれて、どうもありがとう」

「…………」

無言で一礼する十三郎の耳に、穏やかな声が聞こえてきた。

「おかげで、おたくさを悲しませずにすみました」

「…………」

何か言いかけた十三郎の手に、竹の握りが押し付けられた。

「この傘、使ってください。無事に長崎へ帰れれば、おたくさがまた買ってくれます。いま、あなたに風邪をひいてもらっては困るから、差し上げるのです……おやすみなさい」

それだけ言い置き、シーボルトは踵を返した。

雨に濡れながら去っていく、広い背中を十三郎は無言で見送る。

思えば物心が付いてからずっと、十三郎は異国人を憎んできた。シーボルトに対しても、例外ではない。

まだ対面する前、聞多からシーボルトは信服に値すると聞かされても、憎悪の感情は消えなかった。日の本を危うくしないために暗殺を防ごうと思い立ちこそすれども、シーボルト個人のために影供となる決意をしたわけではなかったのだ。

だが、実際に顔を合わせてみれば相手は日本人と同様に、いやそれ以上に情の厚い人物だった。

かねてよりシーボルトは丸山遊廓の其扇《そのぎ》なる遊女を馴染《なじ》みにし、本名のたきにちなんだ「おたくさ」と愛称を付けて、抱店《かかえだな》の引田《ひきた》屋から出島へたびたび呼んでいるという。遊女といえば籠の鳥であるが、出島もまた海に浮かぶ巨大な籠なのである。江戸の吉原では有り得ないことだが、長崎では異人客のために遊女を廓内《くるわうち》から出張らせ、出島に一泊させるのが常だった。

江戸では籠の鳥であるはずの遊女が、ここ長崎においては、本国に戻ればひとかどの人物であろう商館長付の医師と対等の男と女として付き合っていられるのだ。

シーボルトが「おたくさ」こと其扇を語る声は情愛に満ちていた。むろん、彼は独り身ではない。現地妻と言ってしまえば、それまでなのだろう。しかし遠い異国での無聊《ぶりょう》を慰めてくれる女人を軽んじることなく、心から慈《いつく》しんでいるのは明らかだった。

シーボルトを、死なせてはならない。

顔も知らぬ「おたくさ」を、十三郎は亡き母と重ね合わせた。

いずれ、彼女は異人の子を産むことになるのかもしれない。男子であれ女子であれ、その赤ん坊が苛酷な生涯を送らねばならないことを、母のきくが歩んだ一生をまざまざと見せつけられてきた十三郎は知り抜いている。

今の日の本において、異人と夫婦になることは許されない。たとえシーボルト当人がどれほど認知しようと望んだとしても、生まれながらに父《てて》無し子となる宿命を背負っているのだ。

十三郎は、異人の孫として現世に生を受けた。

もとより、祖父の顔は知らない。

しかし、亡き祖父は「でるてぃーん」なる名を自分のために付けてくれた。

松平から鏡と姓こそ変われど、その名前ばかりは不変である。

耶蘇《やそ》教においては不吉と言われる数字を敢えて織り込むことにより、祖父は宿命などに負けぬ強い子になってほしいと望んだという。

たとえオランダに渡ったところで、十三郎に生きる場所は無いだろう。あくまでも、この日の本の国において無位無冠の素浪人、鏡十三郎としての居場所を見付けていかねばなるまい。

そのためにもまず、己が責を果たさなくてはならない。

十三郎の責。それは、シーボルトの身を守り抜くことだ。

己が成し遂げたいと思えばこそ、迫り来る刺客に挑まねばならぬのだ。

蛇の目傘の下、切れ長の双眸には、今や新たな決意が宿っていた。

二

十三郎を欠いたまま、屋内では軍議が始まっていた。

仕切りは聞多である。蓮池・小城藩の頭目は、どうして十三郎がいないのかなどと不要な問いかけをすることはなかった。

「……夜襲か」

「うむ」

聞多が答える。

「確実を期するならば、我々が深き眠りに落ちた頃を狙うはずだ。長崎を発たれて初めての雨に見舞われ、慣れぬ乗物でこれまで道中を続けてこられた上だというのにあれほどの襲撃を被《こうむ》りし後の一夜ともなれば、眠りも深かろう。シーボルト殿と同宿の異人のお歴々とて同じことじゃ」

「儂も、そう思う。田野辺殿の読み、正鵠を射たものと申せそうだの」

蓮池藩士の頭目も、確信を帯びた口調で言い添えた。

「されば今度こそ、先んじて仕掛けようぞ」

「左様」

力強く頷き返し、聞多は宣する。

「彼奴らを殲滅《せんめつ》すべき時が、いよいよ参ったようだ」

と、その時。音を立てることなく、襖が開かれた。

「鏡氏……」

小城藩士の頭目がつぶやく。

「話は聞かせてもらった。されば、疾く参ろう」

答える十三郎の口調に、もはや迷いの色は皆無である。すでに革襷と鉢巻きを着け、出陣の支度を整えていた。

聞多が無言で三十郎に近寄り、ぴしりと頰を打った。

「目は覚めたか？」

「忝ない」

打たれた頰を撫でながら十三郎は力強く頷き返すのであった。

「されば軍議の続きと参ろうか。仕切りを頼むぞ、鏡」

「うむ」

聞多の呼びかけにもう一度頷き、十三郎は上座に就いた。

丑《うし》三つ時――

影供の面々は、三手に分かれた。

蓮池藩士の一隊八名は宿舎に残留し、そのまま護衛の任に就く。

小城藩士隊七名は十三郎の指揮の下、攻撃の本隊として街道へ。

そして聞多は源造と楓のみを伴い、浜吉救出のため先んじて宿舎を後にした。

「頼むぞ」

三人を見送った十三郎は、そっと蛇の目傘を畳む。

攻撃隊が出撃した後、シーボルトの眠る母屋の土間には、きれいに水滴を拭き上げた傘が置かれていた。

刺客団は、静かに進撃していく。

木屋瀬までの距離は、もう一里（約四キロメートル）を切っている。

程なく、二十五名の刺客は一斉に足を止めた。

この街道脇にも、一軒の炭焼き小屋が手配済みであった。

雨に濡れながら行軍してきたまま攻め込むよりも、しばし休息を取り、深更に仕掛けるほうが志気も上がる。副将の神崎の段取りは完璧だった。

「こやつは如何致しますか、神崎様?」

「表に転がしておけ」

と告げると神崎は有田に向き直った。

「構わぬな?」

「好きにせえ。息さえしておれば構わぬ」

答える有田の声色もまた冷ややかなものだった。

浜吉には抗《あらが》う力も無く、両側から引きずられるようにして雨が降りしきる裏庭に運ばれていく。

「夜襲となれば、攻め込む我らのほうに分がある。ゆめゆめ、昼間のように無様な遅れは取るまいよ」

小屋に入った神崎が蓑を脱ぎながらつぶやくと、有田も自信に満ちた頷きを返す。

雨の中、湯を沸かす煙が立ち上っていく。

半数の者が小屋の中で休んでいる間、残る半数は表で警戒に当たっていた。

夜襲までのしばしの休息を取ったのは表の連中も同様だった。

小用に立つ者がいれば、担いだ槍や弓矢を下ろして背筋を伸ばしている者もいる。

「う!」

重たい槍を足元に横たえ、凝った肩を揉んでいた刺客が呻き声を上げた。

胸板で、突き立った矢羽根が震えている。

「どうした?」

歩み寄ってきた仲間の足元が、さっと払われた。

転がった刹那、反転した槍穂が突き込まれる。

「…………」

奪った槍を手にしたまま、十三郎はさっと首を振る。

応じて、潜んでいた小城藩士の一隊は頭目ともども駆け出す。

早くも二人、刺客団はその数を減じていた。


一方の聞多たち別動隊は小屋の裏へと忍び寄っていく。

浜吉がぬかるみの中に転がされていた。消耗しきった若者は為されるがままになっている。逆らう力ももう残されてはいなかった。

「有田様も、まったく酔狂なものだ」

縛り上げた縄尻を握ったまま、見張りの刺客が大儀そうにぼやいている。

「こんな小者一人が何の役に……!」

言いかけた刺客が、張り裂けんばかりに双眸を見開いたまま崩れ落ちた。

その背中に鋭利な刃が突き立っている。聞多が雨を裂いて馬針《ばしん》（棒手裏剣）を投じたのだ。

「……？」

異変に気付いた浜吉は、そっと首をもたげる。

歩み寄る足音と共に懐かしい声が聞こえてきた。

「遅くなったな。許せ」

「田野辺の、旦那ですかい……」

信じ難い声でつぶやく浜吉の鼻孔を、甘い香りがくすぐる。

浜吉は肩に柔らかな感触を覚えた。

「姐さん」

無言で抱き起こしながら楓が微笑む。

その隣で源造がごつい顔をくしゃくしゃにしていた。

「おいもおるったい」

「とっつぁん……」

浜吉の声が震える。

泥まみれの若者の横顔には安堵と喜びの笑みが浮かんでいた。

そのとき、闇の向こうから複数の足音が聞こえてきた。

小用に立っていた者たちが異変に気付いたのである。

「来やがったな」

不敵にうそぶくや、聞多は刀を抜いた。

浜吉の縄は、敢えて切らない。縛られて滞《とどこお》った血が一度に逆流すれば、しばらく動けなくなってしまう。

「楓」

敵を待ち受ける態勢で、聞多は言った。

「雑魚《ざこ》どもは、我らが引き受けた。そなたは浜吉を連れて先へ参れ」

「頼むよ、聞《もん》さん！」

力強く答えるや楓は短刀を構えながら片手で浜吉の体を支えた。

「浜吉さん、行くよっ」

「合点でぇ」

足元をよろけさせることもなく、浜吉は走り出す。

自分が人質として使われることを知ったときから、いざとなれば斬られるのを覚悟の上で駈け出せるように余力を残しておいたのだ。

日の本の者は異人のように両手を振りながら駈けることをしない。縛《ばく》されたままでも不自由は無いのだ。

「行くぜ、とっつぁん」

駈け去る二人を見送るや、聞多は言った。

「承知ですたい」

源造の皺張った手の中で、十手の棒身が鈍色《にびいろ》の光を放つ。

周囲には五人の刺客が迫ってきている。

「かばってやる閑《ひま》はねえ。その積もりでいてくれよ」

「何ば言うとですか」

源造は不敵に笑った。

「若に捕物のいろはばお教えしたのは、こんおいですたい」

「そうだったな……だがよ、こいつぁ捕物じゃねぇ！」

言うと同時に聞多は跳んだ。

飛翔しながら刀を右肩の上方へ振りかぶる。驚愕する敵の頭上へ急降下しながら手の内を締め込むや、袈裟斬りの一刀が決まった。

源造も俄然と突進する。

糖尿の苦痛にあえいでいた弱々しさはもはや何処にも感じられない。

坊主十手が唸《うな》りを上げた。

近間まで踏み込んでしまえば、敵はなまじ長柄の槍を持っていることが仇《あだ》となる。脇差を鞘走らせかけたまま、脳天を割られた刺客がのけぞる。

聞多は二人の敵を相手取っていた。左右から迫り来る凶刃を、続けざまに受け流していく。刀で上体をかばう受け流しは、合戦場における刀術の心得といわれる。周囲を敵に囲まれた状況ではいつ何時、不意を突いて斬りかかってくる者が現れるとも限らない。ために両脇を常に締め、上体から刀を離さぬ心得が肝要なのである。

振りかぶるときにも、柄を握った両拳が顔の前に来るようにすれば自ずと刀身は上体をかばう形になる。そして、常に受け流すことを忘れずに刀を捌いていれば、敵の体勢が乱れれば即、切り返すことも可能なのだ。

すでに十三郎の率いる本隊は小屋の表にいた者を蹴散らし、中から出てきた後詰《ごづめ》の面々と激しく斬り合っていた。

味方の危機を知った二人の刺客が焦り、太刀筋が乱れた隙を見逃す聞多ではない。

定寸の刃が二度、続けざまに左、右と閃く。

必殺の袈裟斬りを浴びせられた刺客たちがぬかるみの中に斃《たお》れたとき、残る一人も源造の十手の前に崩れ落ちていた。

小屋の表でも、激しい斬り合いが続いていた。

「臆するな！」

檄《げき》を飛ばしつつ、十三郎は刀を振りかざす。

「ヤーッ」

気合いを発しつつ、敵の真っただ中へ斬り込む。正面の一人を気合いで威嚇し、臆した隙に左、右の者を真っ向から斬って倒す。後ろから伏手が忍び寄ってくる気配を感じるや、速攻で正面の敵を袈裟切りにし、背後へくるっと向き直って突きを見舞う。

たちまち、刺客団は劣勢に立たされた。

一方の弓隊には、小城藩士の一隊が襲いかかっていた。

飛び来る矢をものともせずに肉迫されては、懸命に弦を引き絞っても追いつかない。

近間に踏み込まれた刺客の一人が、矢を放つことなく斬り伏せられた。

やむなく、弓を捨てた刺客たちは佩刀の鞘を払う。

「皆、臆するなっ」

と、十三郎が駆けつけた。

二尺四寸物の一刀が唸りを上げる。

飛来した矢を両断し、射た敵に走り寄るや弓ごと斬り伏せる。

「おのれっ」

背後から、槍を手にした刺客が躍りかかってくる。

十三郎は左へ体を捌いた。

十三郎は柄を右手一本で握った。敵が自分に倍する間合いの槍を持っているのだ。それに対抗するには片手打ちに限る。

敵が突いてきた槍穂をかわし、十三郎は右半身になった。

右足を大きく踏み出すと同時に、左足を踵が地面に着く寸前まで伸ばした体勢となることにより、刃の届く距離を倍増させることが可能となる。

信じ難い伸びを示した物打に脳天を斬り割られ、刺客は沈黙した。

「馬鹿な……」

十三郎の剣さばきを見ていた有田が茫然とつぶやいた。

配下は片手で数えられるばかりに数を減じていた。

刺客団は、壊滅したのだ。

虚脱したままの男の耳朶を神崎の声が打つ。

「ここは退《ひ》こうぞ、有田っ」

「……おのれ」

ぎりっと、有田の奥歯が鳴る。

十三郎と聞多が合流し、浜吉の無事を喜び合ったときにはもう、その姿は山奥の闇の中へと消えていた。

第九章　白昼の対決

一

一月十五日（陽暦二月二十一日）。

雨の降る中、江戸参府一行は小倉に到着した。

ついに明日、シーボルトは下関へ船出する運びとなる。九州を離れたら、彼ら刺客団はもう襲ってこれない。

小倉藩主の小笠原忠固《おがさわらただもと》は領内に不在との由で、謁見《えっけん》を求められることもなかった。

刺客団もほぼ壊滅したと聞いて、一行は安堵しきっていた。しかし、十三郎たち影供の面々は、未だに安全とは考えていなかった。

その夜、十三郎と聞多の訪問を受けた名村は激怒した。

「シーボルト殿に、囮《おとり》になれと申すのか、鏡殿っ！　そも、貴公らはあの御方を何とお思いなのか!?」

「お静かに願おうか」

食ってかかろうとするのを抑えたのは、聞多だった。

当のシーボルトはと見れば、十三郎へ躙《にじ》り寄っていくところである。ためらいの色は、まるで無い。年来の友に接するような、親しみに満ちた態度だった。

「まだ、戦いは終わっていない。そういうことなのですね、でるてぃーん？」

「左様。肝心の首謀者たちを討ち取っておりませぬ。彼らは必ずや死力を尽くして襲って参るはず。何卒、我らを信じて、お手伝いいただけませぬか」

「……わかりました」

シーボルトの口調に、淀《よど》みは無かった。

「どのみち、私は船出前も測量に出たいと思っていました。それでは明日の朝、町を抜けてお城の近くまで参りましょうか」

「さすれば、番士に追い返されることになりますぞ」

すかさず名村が陰険に口を挟んでくる。

「それでいいのです」

委細を承知した様子でシーボルトは答えた。

「異人を珍しがる見物人がたくさん集まれば集まるほど、私の命が欲しい人はやりやすくなります。そこを、返り討ちにする……そういうことなのでしょう?」

「さすがはシーボルト殿、どなたかと違うてお察しが早《はよ》うござるな」

聞多の一言に名村は返す言葉もない。

「されば、今宵はごゆっくりお休み願います」

端座したまま深々と一礼する十三郎に、シーボルトは微笑みかける。

「あなたがたも……」

「忝ない」

謝する十三郎の顔は精悍に輝いている。

命を懸けてもシーボルトを守り抜く。そう決意していればこその表情であった。

夜襲に敗退した有田兵衛と神崎勇吾、そして二名の配下は小倉城下に潜伏していた。

わずか四人が宿の一室にこもっていた。かつては五十名余を数えた刺客団も、もはや見る影は無かった。

城下町では、頼みの槍も弓矢も持ち込めない。大小の二刀だけが彼らに残された最後の得物だった。

「ここが最後の正念場ぞ、皆！」

　宣する有田の横顔に悲愴な決意が宿っている。

　その言葉を引き取り、神崎は続けて言った。

「海を渡る前に一晩、奴らはこの小倉にとどまる。どのみち明朝も小倉の町を珍しがって、あれこれと見て回るのだろう。そこを狙うしかあるまい」

　二人の配下は無言で頷く。

　刀しか持たず、しかも自分たちだけとなれば、敵と刺し違える以外に途《みち》は無い。

「されば、杯を交わすと致そうかの」

　自ら酒器を取った有田は配下たち、そして神崎の杯を満たしてやる。

　それは水杯だった。生きながらに死ぬ覚悟を固める。刺客である前に鍋島武士としての初心に立ち返った男たちは明日に備えて眠りに就くのだった。


　夜が更けてゆく。

　シーボルトの協力を取りつけた後、宿を抜け出した十三郎と聞多は星明かりの瞬く中、城下町を歩いていく。

雨雲の去った夜空はきれいに澄み切っている。

楓と浜吉、源造の三人は残してきた。浜吉はもとより、昨日の夜襲での無理が祟《たた》った源造も起きられる状態ではないのだ。

「我ら二人でやらずばなるまいな。楓を危ない目に遭わせたくはないしの」

「それもいいだろうさ。お互い、腕を恃《たの》むに不足は無いだろうが？」

歩きながら二人は淡々と言葉を交わす。

「お前さんならどうする、鏡？」

「密かに忍び寄り、人混みにまぎれてひと突きに仕留める」

「なぜだい」

「長柄が持ち込めぬ城下町なら、刀しか遣えまい。それも脇差のほうが目立たぬからの。いっそ弓で狙ってくれれば、こちらも気取《けど》りやすいのだがな……」

「斯様な奇手は使うまいよ、鏡。暗殺なら、刺し違える以上の良策は無いだろう。あやつらも鍋島武士ならば、最後は真っ向から挑んで参ることだろうさ」

宿の一室では浜吉と源造が仲良く枕を並べ、楓の看護を受けていた。

「こうしちゃいられんと……」

源造は落ち着かず、幾度も起きようとした。

「だめよ」

そのたびに楓は坊主十手を取り上げて怖い顔をしてみせる。

「待つのも、大事なお務めでしょ！」

浜吉は宿に着くなり、死んだように眠りこけていた。

額には、熱も帯びていた。いかに若い身とはいえ、人質として雨中を歩かされたことで、その疲労は極限に達していたのだろう。楓は嫌な顔ひとつすることなく、下《しも》の世話まで引き受けている。そんな彼女の働きぶりを、源造は床の中から眩しそうに眺めやっていた。

「楓さん、おうちはよかお人たいね」

「何言ってんの」

「おいがもう十年若けりゃ、嫁に欲しかとこばい……」

シーボルトもまた、眠れぬ夜を過ごしていた。

明日、もしかしたら自分は命を落とすかもしれない。そうなれば、長崎に居た頃から密かに交流を持っていた諸方の縁者たちを通じ、極秘裏に譲られる段取りになっている品々を入手することも叶わなくなるだろう。

医師として、いや、オランダ王室に仕える者としての使命を果たさずして死ぬわけにはいかないのだ。しかし、今、シーボルトの心を支配していたのは出世欲でも使命感でもなかった。

「おたくさ……」

離れがたい間柄となって久しい愛妾の名前である。

もとより、海の向こうには本妻も可愛い息子も居る。このような感情を抱くことは、キリスト教徒としては不道徳なのかもしれない。しかし、それは否定しがたい想いだった。

彼女に子を産んで欲しい。むろん、青い目の子が、この国でどれほど迫害されるのかは重々知り抜いている。

あの鏡十三郎にしても、同様である。

よくよく見なければ異人の血を引いているとは分からない外見にもかかわらず異人の娘が産んだ子という事実だけのために辛酸をなめてきたのだ。

そんな男に他人とは思えぬ親愛の情を覚えたからこそ、シーボルトは己が命運を託した。ひとたび信じた以上、とことん任せなくてはなるまい。

いつしか、眠気が押し寄せてきた。

「頼みますよ、でるてぃーん。いや……じゅう……ざぶろう……」

つぶやく横顔は、安堵の念に満ちていた。

翌日、一月十六日（陽暦二月二十二日）は朝から快晴だった。

昼餉《ひるまえ》を終えたシーボルトは助手のビュルガーを伴い、小倉城下へ散策に出た。

午前にはわざと小者たちを市場へ出向かせ、値の張る鳥と魚介を買い占めさせてきた。

これによって、異人がご城下に居《い》るという噂は早くも町中に広まっていた。

小倉は、紫川《むらさき》（志井川《しい》）の河口に開けた城下町である。

その象徴たる小倉城は、十五万石の大藩にふさわしい巨城だった。

細川《ほそかわ》氏から小笠原氏へ受け継がれ、近年は逼迫《ひっぱく》する藩費のしわ寄せで領内に怨嗟《えんさ》の声が満ちつつあったが、四重五層の城郭は不動の風格を示している。

そのすぐ近くまでシーボルトは歩み寄ろうとした。そのシーボルトを囲むように、物見高い見物人たちがわらわらと集まってきている。

「お下がりくだされ！」

番士が声を荒げた。

「下がれぃ」

「下がれと申すに、聞こえぬか！」

「Wat zegt u？（もう一度言ってください）」
シーボルトは、涼しい顔で答えている。
一方の十三郎と聞多は野次馬をかきわけ、目指す相手を探している。
集まってくる見物人たちの中に、神崎の巨体が見え隠れするのが目に入った。
頭巾で顔を隠すこともせず、人混みに紛れてシーボルトを狙おうというのだろう。
六尺豊かな体軀も、これほどの混雑となれば目立ちはしない。
その点は背中に忍び寄った十三郎も同様だった。
そろりと、神崎が左腰に両の手を伸ばす。
と、両の目が見開かれる。
背後から、十三郎が冷たい白刃を突き込んだのだ。
「うう……」
苦悶の呻きを漏らしながら、神崎は背後を見やる。
そこに立っていたのは配下たちを葬り去った、憎んでも余りある男の姿だった。
「おのれ、貴様……」
呻きかけた口元を塞《ふさ》ぎつつ、十三郎はぐいと脇差を捻《ひね》った。
巨漢の双眸が、かっと見開かれるのを確かめる。

無念そうに眼前の異人たちを凝視したまま、神崎は息絶えた。

そのまま、十三郎は神崎に肩を貸した恰好で歩き出す。

シーボルトに気を取られてばかりの見物人たちは、浪人の二人連れなどを怪しもうともしなかった。


有田が二人の配下を伴い、反対側からシーボルトに迫ろうとしているのを聞多は見た。

聞多の視線の向こうで、十三郎が仕留めた神崎を連れ去っていく。わずかに背の低い十三郎は、この雑踏の中では人目に立たなかった。

「何とした、神崎……」

不審げにつぶやくや、有田が顎をしゃくる。

無言で頷き返し、配下たちが人混みの中に分け入っていくのが見えた。

その姿を、聞多は見物人たちの後方から確認した。

掌に、馬針を隠し持っている。

「やったな、鏡」

聞多は口の中でつぶやくや、すっと動き出す。

「後は任せておけ……」

シーボルトたちが番士の制止にようやく気付いたといった様子で、悠々と宿へ向かって引き揚げていくところだった。

すでに、神崎の姿は何処にも見当たらない。

焦り顔で、二人の配下は人混みの中を探し回っている。

忍び寄った聞多が馬針を一閃させると、配下の一人が背を弓なりに突っ張らせた。

その背後で、聞多は身を屈めたままでいた。

握った馬針は、すでに首筋を深々と突いている。

「どうした？」

歩み寄ってきた相棒も、たちまち凍り付いた。

聞多が下から突き出した刃は狙いを違《たが》えることなく、心の臓に吸い込まれていた。

「もはや、そなた一人ぞ」

背後から告げられたとき、有田の周囲にもはや見物人たちはいなかった。

皆、宿へ向かったシーボルトを追って移動してしまったのだ。

番士も本来の持ち場に戻ってしまい、すでに姿は無い。

堀端は有田と十三郎、二人だけになっていた。

「おのれ……」

有田の奥歯が、ぎりっと鳴る。

「そなたに助勢しに参ったなどと、心得違いはしないでいただこう」

告げる十三郎の声に淀みはない。

ついに、一対一で剣を交えるときが来たのだ。

「儂の同志を、神崎たちを如何致した!?」

「すでに三途の川を渡っておる。疾く、追って参るが良い」

「ふざけおって！」

有田は感情の激するままに声を荒げた。

「聞け、有田兵衛」

十三郎は、淡々と告げる。

「そなたが柳営を恨む気持ちは分からぬでない。されど怒りの矛先を誤り、外国《とつくに》に攻める口実を与えて無辜《むこ》の民に害を及ぼしても、真実に平気なのか？」

「黙れい」

有田は、きっと十三郎を見返した。

「うぬに、我が胸中など分かりはせぬ！」

「聞け」

謹厳な面持ちを崩すことなく、十三郎は宣する。

「シーボルト殿をお守り致すは私が異人の裔《すえ》だからだ」

「何と」

「我が母は蘭人の子。我が祖父は、シーボルト殿とは親しき仲であった蘭人なのだ」

信じ難い様子の対手に、十三郎は続けて言った。

「そなたがフェートン号一件より重ねて参りし無念の年月とて、重いものだったには相違あるまい。されど生まれ落ちてより三十余年、私が背負いし……そして乗り越えし恨みには及ばぬと知れ」

「……左様であったか」

有田の双眸は今や、ぎらぎらと凶悪な光を放っていた。

「やはり夷狄《いてき》が血を引いておればこそ、シーボルトめの護衛などになりおったのだな」

「同朋《とも》を救うため、そなたを討つ」

告げる十三郎に、凄まじい剣風が襲いかかった。

有田の物打は、信じ難い伸びを示している。

もとより定寸より長大な、二尺六寸物である。

それが半身になって抜刀することにより、倍する間合いから十三郎に殺到したのだ。跳び退《すさ》らずに一歩退いただけならば、かわしきれずに斬割されていただろう。

「見たか」

有田は、不敵にうそぶく。

「これが日の本の太刀というもの。うぬが如き異人の裔など、滅してくれよう」

無言で見返しながら、十三郎は鯉口を切って抜刀した。

「我が祖父は、オランダの剣士だったそうだ」

淡々と告げながら刀を左に持ち替え、構えを変じていく。

それは紛うことなき、シーボルトより伝えられた祖父の技の体勢であった。

「おのれ！」

有田の刀身が閃《ひらめ》く。

「夷狄《いてき》が邪剣の技になど、遅れを取りはせぬわっ」

刃と刃が、激しく嚙み合った。

腰から全身を押し出すようにして、二人は張り合う。

「我が心に、もはや恨みはない……」

凛とした目で正面から見返しつつ、十三郎は続けて言った。
「そして、我が剣は邪剣に非ず」
「吐《ぬ》かせっ」
言い合った刹那、両者は弾かれたように離れた。
間合いを切り直そうというのである。
こうなると、物を言うのは刃長の差だ。
有田の太刀は、二尺六寸。
対する十三郎は二尺四寸。
その差は、実に二寸（約六センチメートル）にも及ぶ。
たかがそれだけと思われるかもしれない。
しかし、いざ本身の刀を振るうとなれば、それは甚大な格差となってくる。
刃長の違いは、二人の体格差をも埋めて余りあるものだった。
「ヤッ」
鋭い気合いと共に、有田が襲い来る。
続けざまの刺突だった。
踏み出す際にも、あくまでも一歩目は小幅であった。そうすることで、続く二歩目ではより大幅に、確実に前へ出ることが可能となる。

精妙を極めた足捌きである。

対する十三郎は、立てた刀で体の前面を庇《かば》うようにしている。

連続しての突きを何とか凌いではいたが、一瞬でも見誤れば即座に刺し貫かれるのは目に見えていた。

「どうした、ええ？」

片頬に嗜虐の笑みを浮かべつつ、有田は殺到する。

疲れを知らぬ猛攻だった。

「……………」

無言のまま、十三郎は耐え凌いでいる。

と、中空に糸くずが舞い散る。

有田の剣尖が、十三郎の胸元を切り裂いたのだ。

着ているのが冬物の分厚い綿入れとなれば、刃がかすめたぐらいでは肌身にまでは達しない。

「くそっ」

焦《じ》れた様子で、有田は続けて踏み込む。

それがわずかに深かったのを、十三郎は見逃さなかった。

刹那、十三郎は大きく後方へ跳んだ。

抜き打ちの初太刀を回避したときと同じ動きである。しかし、それは我が身を護《まも》るための動作ではなかった。

十三郎の切れ長の双眸は、不退転の決意に燃えている。

それは攻勢へと転じ、敵を一気呵成に制するための前段階だった。

有田が踏み込んでくる。

予期した通り、一歩目が深すぎたがために、続く二歩目はこれまでよりもわずかながらも浅かった。二尺六寸の刃長を以てしても、その剣尖は十三郎に届いていない。

十三郎は思い切り左半身になりながら後足《あとあし》を撞木にし、腰から上体を大きく投げ出すようにして、左手一本で刀を繰り出した。

「ぐ……」

有田が、断末魔の呻きを上げる。

その腹部に、二尺四寸の白刃が突き立っていた。

わが国の剣術において、前のめりになって刀を繰り出すということは無い。

だが、それは西洋剣術においては当たり前の戦法である。遠間の敵を制するに、これほど有効な攻めは無いだろう。

とはいえ、これは有田が持っているような長尺の太刀では為し得ない技だった。短寸で重さも軽めの二尺四寸物なればこそ、無理なく対応できたのだ。

シーボルトより伝えられた剣技を以て、十三郎は有田を制した。

かつては憎んでも余りあった異人に伝授されて、激烈なる真剣での稽古で我が物とした技である。それは顔も知らぬ祖父が得意としたという、無二の一手だった。

恩讐《おんしゅう》を越えて会得したからこそ、最後の最後、窮地に陥《おちい》るまでは用いるまい。

十三郎は、そう心に決めていたのだった。

崩れ落ちた有田に、燦々《さんさん》と陽光が降り注いでいる。

白昼の対決の明暗を分けたのは、両者の性根の差だったのかもしれない。

四半刻（約三十分）後。

下関海峡を望む港に、十三郎と聞多は立っていた。

「しかと見届け申した」

蓮池藩の頭目が、相変わらず慇懃な口調で言った。

「見事であった」

小城藩の頭目も、深々と一礼する。

配下の藩士たちはと見れば、刺客四人の骸《むくろ》を運んでいくところだった。

用意の船に積み込み、海路で去ろうというのだろう。

「すべては家中の私闘にござれば、何卒ご内聞に願い上ぐる」

「承知した」

十三郎と聞多が同時に答えるや、二人は再び頭を下げた。

「されば、これにて」

「名乗らぬままにて立ち去りしこと、お許しくだされ」

口々に告げながら、頭目たちは船に乗り込んでいく。

「……あの連中、腹を切る積もりだな」

見送りながら、聞多がぼそりとつぶやく。

「うむ」

隣に立った十三郎も、もとより得心している様子だった。

何故、そう判じたのか。

いかなる理由があれ、五十余名の佐賀藩士が亡き者とされたのは事実である。

責を取るために、あの二人はすべてを「私闘」として処理するつもりなのだ。

そして武士が責を取るとは、自決以外に他ならなかった。

彼らも有田たちと同じく生きながら死ぬ覚悟を固めて行動する鍋島武士、すなわち死兵《しへい》だったのだ。

この時代、藩外にまで『葉隠』全文の内容は漏れ出ていない。ために十三郎と聞多が彼らの行動の背景を知るには至らなかったのだが、名乗ることもせずに密命を遂行し、死に赴かんとする姿を見せつけられただけでも、伝え聞く鍋島武士の有り様《よう》の厳しさは十分に理解できていた。

「終わったな」

聞多の一言に、十三郎は無言で頷く。

自分たちもまた、いつ何時、責を求められるかは定かでない。

しかし、そのときは彼の者たちに遅れを取ることなく、潔《いさぎよ》くあろうと思わずにはいられなかった。

二

八つ（午後二時）の満潮を待って、参府一行は船出する運びとなった。

「お別れですね、じゅうざぶろうさん」

「でるてぃーんで、結構にござる」

答える十三郎の声は、穏やかそのものだった。

江戸を発つ前の彼ならば、オランダ語で自分の名を呼ばれることになど到底、耐えられはしなかっただろう。異人と接するのさえ、拒絶していたに相違ない。

しかし、今は違う。

自分はこの人物の信頼に応え、一命を賭して守り抜いた。

その事実がこの上なく誇らしかった。

「お達者で、先生」

楓と固い握手を交わしたシーボルトは、浜吉と源造にも大きな掌を差し出す。

「華のお江戸だからって、あんまり羽目を外さないようにしておくんなさいよ」

「其扇さんば忘れて、不義理ばしなすったらいかんとですたいね」

面映ゆい様子で握り返しながら、二人は口々に言葉を返す。

「Ja（はい）」

分かっているのかいないのか、シーボルトは真面目な顔で答えていた。

ともあれ、もう別れなくてはならない。

小倉から下関までは、わずか三里（約一二キロメートル）の海路である。

だが、これは江戸へ至る長旅の出だしに過ぎない。

「永の道中、ご無事をお祈りしており申す」

武家言葉に戻った聞多が神妙な顔で告げるのに、十三郎はそっと言い添えた。

「事有らばいつでも馳せ参じ、お護り申し上ぐる故、何卒ご安堵なされよ」

「ありがとう、本当に……ありがとう」

手を振り続けるシーボルトの姿と声が、次第に遠ざかっていく。

「………」

海峡を越えていく船影を、港に立った五人は万感の思いで見送った。

「帰るか」

聞多の一声を合図に、皆は踵を返す。

合縁奇縁で結ばれた五人の男女は、晴れやかな陽光の下、長崎へ向かう道を再び辿《たど》っていくのであった。

一〇〇字書評

影　侍

切り取り線

購買動機（新聞、雑誌名を記入するか、あるいは○をつけてください）

□（　　　　　　　　　　　　）の広告を見て	
□（　　　　　　　　　　　　）の書評を見て	
□ 知人のすすめで	□ タイトルに惹かれて
□ カバーがよかったから	□ 内容が面白そうだから
□ 好きな作家だから	□ 好きな分野の本だから

●最近、最も感銘を受けた作品名をお書きください

●あなたのお好きな作家名をお書きください

●その他、ご要望がありましたらお書きください

住所	〒				
氏名		職業		年齢	
Eメール	※携帯には配信できません		新刊情報等のメール配信を 希望する・しない		

あなたにお願い

この本の感想を、編集部までお寄せいただけたらありがたく存じます。今後の企画の参考にさせていただきます。Eメールでも結構です。

いただいた「一〇〇字書評」は、新聞・雑誌等に紹介させていただくことがあります。その場合はお礼として特製図書カードを差し上げます。

前ページの原稿用紙に書評をお書きの上、切り取り、左記までお送り下さい。宛先の住所は不要です。

なお、ご記入いただいたお名前、ご住所等は、書評紹介の事前了解、謝礼のお届けのためだけに利用し、そのほかの目的のために利用することはありません。またそのデータを六カ月を超えて保管することもありませんので、ご安心ください。

〒一〇一－八七〇一
祥伝社文庫編集長　加藤　淳
☎〇三（三二六五）二〇八〇
bunko@shodensha.co.jp

祥伝社文庫

上質のエンターテインメントを！　珠玉のエスプリを！

祥伝社文庫は創刊15周年を迎える2000年を機に、ここに新たな宣言をいたします。いつの世にも変わらない価値観、つまり「豊かな心」「深い知恵」「大きな楽しみ」に満ちた作品を厳選し、次代を拓く書下ろし作品を大胆に起用し、読者の皆様の心に響く文庫を目指します。どうぞご意見、ご希望を編集部までお寄せくださるよう、お願いいたします。

2000年1月1日　　祥伝社文庫編集部

影侍《かげざむらい》　長編時代小説

平成18年12月20日　初版第1刷発行

著者　牧《まき》　秀《ひで》　彦《ひこ》
発行者　深澤健一
発行所　祥《しょう》　伝《でん》　社《しゃ》
東京都千代田区神田神保町3-6-5
九段尚学ビル　〒101-8701
☎03(3265)2081(販売部)
☎03(3265)2080(編集部)
☎03(3265)3622(業務部)
印刷所　錦明印刷
製本所　ナショナル製本

造本には十分注意しておりますが、万一、落丁、乱丁などの不良品がありましたら、「業務部」あてにお送り下さい。送料小社負担にてお取り替えいたします。

Printed in Japan
© 2006, Hidehiko Maki

ISBN4-396-33328-5　C0193

祥伝社のホームページ・http://www.shodensha.co.jp/

祥伝社文庫・黄金文庫　今月の新刊

高橋克彦　**倫敦《ロンドン》暗殺塔**
明治十八年、日本ブームに沸く倫敦。歴史推理の傑作

阿木慎太郎　**夢の城**
金と凶弾。ハリウッド映画産業の内幕をリアルに描いた傑作

柴田よしき　**クリスマスローズの殺人**
刑事も探偵も吸血鬼。東京ダウンタウンの奇怪連続殺人

永嶋恵美　**白銀の鉄路**　会津〜奥只見追跡行
老夫婦の奇妙な死と殺人――。新鋭が描く新たな鉄道ミステリ

草凪　優　**色街そだち**
純情高校生の初めての快感！浅草で大人の階段を上る

佐伯泰英　**秘剣流《りゅう》亡《ぼう》**
悪松、再び放浪の旅へ！箱根の北条の隠れ里で目にしたものは？

井沢元彦　**野望（上・下）**　信濃戦雲録第一部
名軍師山本勘助と武田信玄、天下統一への恐るべき知謀とは？

牧　秀彦　**影侍**
長崎へ、彼の地に待ち受ける日の本を揺るがす刺客とは…

金　文学　中国人による**中国人大批判**
母国・中国で出版拒否！歯に衣着せぬ中国批判と日本への苦言

日下公人　「道徳」という土なくして「経済」の花は咲かず
日本の復活とアメリカの没落。これが日本人の「最大の強み」

山岸弘子　**敬語の達人**
オフィスは間違い敬語だらけ。クイズでわかるあなたの勘違い。